Franz Kafka

Ein Landarzt

und andere Prosa

Herausgegeben von
Michael Müller

Philipp Reclam jun. Stuttgart

Zur Textgestalt siehe Seite 142 ff.

Universal-Bibliothek Nr. 9675

Gesamtherstellung: Reclam, Ditzingen. Printed in Germany 2003

ISBN 3-15-009675-8

www.reclam.de

Inhalt

Ein Landarzt

Kleine Erzählungen

Meinem Vater

Der neue Advokat

Wir haben einen neuen Advokaten, den Dr. Bucephalus. In seinem Äußern erinnert wenig an die Zeit, da er noch Streitroß Alexanders von Macedonien war. Wer allerdings mit den Umständen vertraut ist, bemerkt einiges. Doch sah ich letzthin auf der Freitreppe selbst einen ganz einfältigen Gerichtsdiener mit dem Fachblick des kleinen Stammgastes der Wettrennen den Advokaten bestaunen, als dieser, hoch die Schenkel hebend, mit auf dem Marmor aufklingendem Schritt von Stufe zu Stufe stieg.

Im allgemeinen billigt das Barreau die Aufnahme des Bucephalus. Mit erstaunlicher Einsicht sagt man sich, daß Bucephalus bei der heutigen Gesellschaftsordnung in einer schwierigen Lage ist und daß er deshalb, sowie auch wegen seiner weltgeschichtlichen Bedeutung, jedenfalls Entgegenkommen verdient. Heute – das kann niemand leugnen – gibt es keinen großen Alexander. Zu morden verstehen zwar manche; auch an der Geschicklichkeit, mit der Lanze über den Bankettisch hinweg den Freund zu treffen, fehlt es nicht; und vielen ist Macedonien zu eng, so daß sie Philipp, den Vater, verfluchen – aber niemand, niemand kann nach Indien führen. Schon damals waren Indiens Tore unerreichbar, aber ihre Richtung war durch das Königsschwert bezeichnet. Heute sind die Tore ganz anderswohin und weiter und höher vertragen; niemand zeigt die Richtung; viele halten Schwerter, aber nur, um mit ihnen zu fuchteln; und der Blick, der ihnen folgen will, verwirrt sich.

Vielleicht ist es deshalb wirklich das Beste, sich, wie es Bucephalus getan hat, in die Gesetzbücher zu versenken. Frei, unbedrückt die Seiten von den Lenden des Reiters, bei stiller Lampe, fern dem Getöse der Alexanderschlacht, liest und wendet er die Blätter unserer alten Bücher.

Ein Landarzt

Ich war in großer Verlegenheit: eine dringende Reise stand mir bevor; ein Schwerkranker wartete auf mich in einem zehn Meilen entfernten Dorfe; starkes Schneegestöber füllte den weiten Raum zwischen mir und ihm; einen Wagen hatte ich, leicht, großräderig, ganz wie er für unsere Landstraßen taugt; in den Pelz gepackt, die Instrumententasche in der Hand, stand ich reisefertig schon auf dem Hofe; aber das Pferd fehlte, das Pferd. Mein eigenes Pferd war in der letzten Nacht, infolge der Überanstrengung in diesem eisigen Winter, verendet; mein Dienstmädchen lief jetzt im Dorf umher, um ein Pferd geliehen zu bekommen; aber es war aussichtslos, ich wußte es, und immer mehr vom Schnee überhäuft, immer unbeweglicher werdend, stand ich zwecklos da. Am Tor erschien das Mädchen, allein, schwenkte die Laterne; natürlich, wer leiht jetzt sein Pferd her zu solcher Fahrt? Ich durchmaß noch einmal den Hof; ich fand keine Möglichkeit; zerstreut, gequält stieß ich mit dem Fuß an die brüchige Tür des schon seit Jahren unbenützten Schweinestalles. Sie öffnete sich und klappte in den Angeln auf und zu. Wärme und Geruch wie von Pferden kam hervor. Eine trübe Stallaterne schwankte drin an einem Seil. Ein Mann, zusammengekauert in dem niedrigen Verschlag, zeigte sein offenes blauäugiges Gesicht. »Soll ich anspannen?« fragte er, auf allen Vieren hervorkriechend. Ich wußte nichts zu sagen und beugte mich nur, um zu sehen, was es noch in dem Stalle gab. Das Dienstmädchen stand neben mir. »Man weiß nicht, was für Dinge man im eigenen Hause vorrätig hat«, sagte es, und wir beide lachten. »Hollah, Bruder, hollah, Schwester!« rief der Pferdeknecht, und zwei Pferde, mächtige flankenstarke Tiere schoben sich hintereinander, die Beine eng am Leib, die wohlgeformten Köpfe wie Kamele senkend, nur durch die Kraft der Wendungen ihres Rumpfes aus dem Türloch, das sie restlos ausfüllten. Aber gleich standen sie aufrecht, hochbeinig, mit dicht ausdampfendem

Körper. »Hilf ihm«, sagte ich, und das willige Mädchen eilte, dem Knecht das Geschirr des Wagens zu reichen. Doch kaum war es bei ihm, umfaßt es der Knecht und schlägt sein Gesicht an ihres. Es schreit auf und flüchtet sich zu mir; rot eingedrückt sind zwei Zahnreihen in des Mädchens Wange. »Du Vieh«, schreie ich wütend, »willst du die Peitsche?«, besinne mich aber gleich, daß es ein Fremder ist; daß ich nicht weiß, woher er kommt, und daß er mir freiwillig aushilft, wo alle andern versagen. Als wisse er von meinen Gedanken, nimmt er meine Drohung nicht übel, sondern wendet sich nur einmal, immer mit den Pferden beschäftigt, nach mir um. »Steigt ein«, sagt er dann, und tatsächlich: alles ist bereit. Mit so schönem Gespann, das merke ich, bin ich noch nie gefahren und ich steige fröhlich ein. »Kutschieren werde aber ich, du kennst nicht den Weg«, sage ich. »Gewiß«, sagt er, »ich fahre gar nicht mit, ich bleibe bei Rosa.« »Nein«, schreit Rosa und läuft im richtigen Vorgefühl der Unabwendbarkeit ihres Schicksals ins Haus; ich höre die Türkette klirren, die sie vorlegt; ich höre das Schloß einspringen; ich sehe, wie sie überdies im Flur und weiterjagend durch die Zimmer alle Lichter verlöscht, um sich unauffindbar zu machen. »Du fährst mit«, sage ich zu dem Knecht, »oder ich verzichte auf die Fahrt, so dringend sie auch ist. Es fällt mir nicht ein, dir für die Fahrt das Mädchen als Kaufpreis hinzugeben.« »Munter!« sagt er; klatscht in die Hände; der Wagen wird fortgerissen, wie Holz in die Strömung; noch höre ich, wie die Tür meines Hauses unter dem Ansturm des Knechtes birst und splittert, dann sind mir Augen und Ohren von einem zu allen Sinnen gleichmäßig dringenden Sausen erfüllt. Aber auch das nur einen Augenblick, denn, als öffne sich unmittelbar vor meinem Hoftor der Hof meines Kranken, bin ich schon dort; ruhig stehen die Pferde; der Schneefall hat aufgehört; Mondlicht ringsum; die Eltern des Kranken eilen aus dem Haus; seine Schwester hinter ihnen; man hebt mich fast aus dem Wagen; den verwirrten Reden entnehme ich nichts; im

Krankenzimmer ist die Luft kaum atembar; der vernachlässigte Herdofen raucht; ich werde das Fenster aufstoßen; zuerst aber will ich den Kranken sehen. Mager, ohne Fieber, nicht kalt, nicht warm, mit leeren Augen, ohne Hemd hebt sich der Junge unter dem Federbett, hängt sich an meinen Hals, flüstert mir ins Ohr: »Doktor, laß mich sterben.« Ich sehe mich um; niemand hat es gehört; die Eltern stehen stumm vorgebeugt und erwarten mein Urteil; die Schwester hat einen Stuhl für meine Handtasche gebracht. Ich öffne die Tasche und suche unter meinen Instrumenten; der Junge tastet immerfort aus dem Bett nach mir hin, um mich an seine Bitte zu erinnern; ich fasse eine Pinzette, prüfe sie im Kerzenlicht und lege sie wieder hin. »Ja«, denke ich lästernd, »in solchen Fällen helfen die Götter, schicken das fehlende Pferd, fügen der Eile wegen noch ein zweites hinzu, spenden zum Übermaß noch den Pferdeknecht –« Jetzt erst fällt mir wieder Rosa ein; was tue ich, wie rette ich sie, wie ziehe ich sie unter diesem Pferdeknecht hervor, zehn Meilen von ihr entfernt, unbeherrschbare Pferde vor meinem Wagen? Diese Pferde, die jetzt die Riemen irgendwie gelockert haben; die Fenster, ich weiß nicht wie, von außen aufstoßen; jedes durch ein Fenster den Kopf stecken und, unbeirrt durch den Aufschrei der Familie, den Kranken betrachten. »Ich fahre gleich wieder zurück«, denke ich, als forderten mich die Pferde zur Reise auf, aber ich dulde es, daß die Schwester, die mich durch die Hitze betäubt glaubt, den Pelz mir abnimmt. Ein Glas Rum wird mir bereitgestellt, der Alte klopft mir auf die Schulter, die Hingabe seines Schatzes rechtfertigt diese Vertraulichkeit. Ich schüttle den Kopf; in dem engen Denkkreis des Alten würde mir übel; nur aus diesem Grunde lehne ich es ab zu trinken. Die Mutter steht am Bett und lockt mich hin; ich folge und lege, während ein Pferd laut zur Zimmerdecke wiehert, den Kopf an die Brust des Jungen, der unter meinem nassen Bart erschauert. Es bestätigt sich, was ich weiß: der Junge ist gesund, ein wenig schlecht durchblutet, von der sorgenden Mutter mit Kaffee durchtränkt, aber gesund und am besten mit einem Stoß aus dem Bett zu treiben. Ich bin kein Weltverbesserer und lasse ihn liegen. Ich bin vom Bezirk angestellt und tue meine Pflicht bis zum Rand, bis dorthin, wo es fast zu viel wird. Schlecht bezahlt, bin ich doch freigebig und hilfsbereit gegenüber den Armen. Noch für Rosa muß ich sorgen, dann mag der Junge recht haben und auch ich will sterben. Was tue ich hier in diesem endlosen Winter! Mein Pferd ist verendet, und da ist niemand im Dorf, der mir seines leiht. Aus dem Schweinestall muß ich mein Gespann ziehen; wären es nicht zufällig Pferde, müßte ich mit Säuen fahren. So ist es. Und ich nicke der Familie zu. Sie wissen nichts davon, und wenn sie es wüßten, würden sie es nicht glauben. Rezepte schreiben ist leicht, aber im übrigen sich mit den Leuten verständigen, ist schwer. Nun, hier wäre also mein Besuch zu Ende, man hat mich wieder einmal unnötig bemüht, daran bin ich gewöhnt, mit Hilfe meiner Nachtglocke martert mich der ganze Bezirk, aber daß ich diesmal auch noch Rosa hingeben mußte, dieses schöne Mädchen, das jahrelang, von mir kaum beachtet, in meinem Hause lebte – dieses Opfer ist zu groß, und ich muß es mir mit Spitzfindigkeiten aushilfsweise in meinem Kopf irgendwie zurechtlegen, um nicht auf diese Familie loszufahren, die mir ja beim besten Willen Rosa nicht zurückgeben kann. Als ich aber meine Handtasche schließe und nach meinem Pelz winke, die Familie beisammensteht, der Vater schnuppernd über dem Rumglas in seiner Hand, die Mutter, von mir wahrscheinlich enttäuscht – ja, was erwartet denn das Volk? – tränenvoll in die Lippen beißend und die Schwester ein schwer blutiges Handtuch schwenkend, bin ich irgendwie bereit, unter Umständen zuzugeben, daß der Junge doch vielleicht krank ist. Ich gehe zu ihm, er lächelt mir entgegen, als brächte ich ihm etwa die allerstärkste Suppe – ach, jetzt wiehern beide Pferde; der Lärm soll wohl, höhern Orts angeordnet, die Untersuchung erleichtern – und nun finde ich: ja, der Junge ist krank. In seiner rechten Seite, in der Hüftengegend hat sich eine handtellergroße Wunde aufgetan. Rosa, in vielen Schattierungen, dunkel in der Tiefe, hellwerdend zu den Rändern, zartkörnig, mit ungleichmäßig sich aufsammelndem Blut, offen wie ein Bergwerk obertags. So aus der Entfernung. In der Nähe zeigt sich noch eine Erschwerung. Wer kann das ansehen ohne leise zu pfeifen? Würmer, an Stärke und Länge meinem kleinen Finger gleich, rosig aus eigenem und außerdem blutbespritzt, winden sich, im Innern der Wunde festgehalten, mit weißen Köpfchen, mit vielen Beinchen ans Licht. Armer Junge, dir ist nicht zu helfen. Ich habe deine große Wunde aufgefunden; an dieser Blume in deiner Seite gehst du zugrunde. Die Familie ist glücklich, sie sieht mich in Tätigkeit; die Schwester sagt's der Mutter, die Mutter dem Vater, der Vater einigen Gästen, die auf den Fußspitzen, mit ausgestreckten Armen balancierend, durch den Mondschein der offenen Tür hereinkommen. »Wirst du mich retten?« flüstert schluchzend der Junge, ganz geblendet durch das Leben in seiner Wunde. So sind die Leute in meiner Gegend. Immer das Unmögliche vom Arzt verlangen. Den alten Glauben haben sie verloren; der Pfarrer sitzt zu Hause und zerzupft die Meßgewänder, eines nach dem andern; aber der Arzt soll alles leisten mit seiner zarten chirurgischen Hand. Nun, wie es beliebt: ich habe mich nicht angeboten; verbraucht ihr mich zu heiligen Zwecken, lasse ich auch das mit mir geschehen; was will ich Besseres, alter Landarzt, meines Dienstmädchens beraubt! Und sie kommen, die Familie und die Dorfältesten, und entkleiden mich; ein Schulchor mit dem Lehrer an der Spitze steht vor dem Haus und singt eine äußerst einfache Melodie auf den Text:

»Entkleidet ihn, dann wird er heilen,
Und heilt er nicht, so tötet ihn!
'Sist nur ein Arzt, 'sist nur ein Arzt.«

Dann bin ich entkleidet und sehe, die Finger im Barte, mit geneigtem Kopf die Leute ruhig an. Ich bin durchaus gefaßt und allen überlegen und bleibe es auch, trotzdem es mir nichts hilft, denn jetzt nehmen sie mich beim Kopf und bei den Füßen und tragen mich ins Bett. Zur Mauer, an die Seite der Wunde legen sie mich. Dann gehen alle aus der Stube; die Tür wird zugemacht; der Gesang verstummt; Wolken treten vor den Mond; warm liegt das Bettzeug um mich; schattenhaft schwanken die Pferdeköpfe in den Fensterlöchern. »Weißt du«, höre ich, mir ins Ohr gesagt, »mein Vertrauen zu dir ist sehr gering. Du bist ja auch nur irgendwo abgeschüttelt, kommst nicht auf eigenen Füßen. Statt zu helfen, engst du mir mein Sterbebett ein. Am liebsten kratzte ich dir die Augen aus.« »Richtig«, sage ich, »es ist eine Schmach. Nun bin ich aber Arzt. Was soll ich tun? Glaube mir, es wird auch mir nicht leicht.« »Mit dieser Entschuldigung soll ich mich begnügen? Ach, ich muß wohl. Immer muß ich mich begnügen. Mit einer schönen Wunde kam ich auf die Welt; das war meine ganze Ausstattung.« »Junger Freund«, sage ich, »dein Fehler ist: du hast keinen Überblick. Ich, der ich schon in allen Krankenstuben, weit und breit, gewesen bin, sage dir: deine Wunde ist so übel nicht. Im spitzen Winkel mit zwei Hieben der Hacke geschaffen. Viele bieten ihre Seite an und hören kaum die Hacke im Forst, geschweige denn, daß sie ihnen näher kommt.« »Ist es wirklich so oder täuschest du mich im Fieber?« »Es ist wirklich so, nimm das Ehrenwort eines Amtsarztes mit hinüber.« Und er nahm's und wurde still. Aber jetzt war es Zeit, an meine Rettung zu denken. Noch standen treu die Pferde an ihren Plätzen. Kleider, Pelz und Tasche waren schnell zusammengerafft; mit dem Ankleiden wollte ich mich nicht aufhalten; beeilten sich die Pferde wie auf der Herfahrt, sprang ich ja gewissermaßen aus diesem Bett in meines. Gehorsam zog sich ein Pferd vom Fenster zurück; ich warf den Ballen in den Wagen; der Pelz flog zu weit, nur mit einem Ärmel hielt er sich an einem Haken fest. Gut genug. Ich zwang mich aufs Pferd. Die Riemen lose schleifend, ein Pferd kaum mit dem andern verbunden, der Wagen irrend hinterher, der Pelz als letzter im Schnee. »Munter!« sagte ich, aber munter ging's nicht; langsam wie alte Männer zogen wir durch die Schneewüste; lange klang hinter uns der neue, aber irrtümliche Gesang der Kinder:

»Freuet Euch, Ihr Patienten,
Der Arzt ist Euch ins Bett gelegt!«

Niemals komme ich so nach Hause; meine blühende Praxis ist verloren; ein Nachfolger bestiehlt mich, aber ohne Nutzen, denn er kann mich nicht ersetzen; in meinem Hause wütet der ekle Pferdeknecht; Rosa ist sein Opfer; ich will es nicht ausdenken. Nackt, dem Froste dieses unglückseligsten Zeitalters ausgesetzt, mit irdischem Wagen, unirdischen Pferden, treibe ich mich alter Mann umher. Mein Pelz hängt hinten am Wagen, ich kann ihn aber nicht erreichen, und keiner aus dem beweglichen Gesindel der Patienten rührt den Finger. Betrogen! Betrogen! Einmal dem Fehlläuten der Nachtglocke gefolgt – es ist niemals gutzumachen.

Auf der Galerie

Wenn irgendeine hinfällige, lungensüchtige Kunstreiterin in der Manege auf schwankendem Pferd vor einem unermüdlichen Publikum vom peitschenschwingenden erbarmungslosen Chef monatelang ohne Unterbrechung im Kreise rundum getrieben würde, auf dem Pferde schwirrend, Küsse werfend, in der Taille sich wiegend, und wenn dieses Spiel unter dem nichtaussetzenden Brausen des Orchesters und der Ventilatoren in die immerfort weiter sich öffnende graue Zukunft sich fortsetzte, begleitet vom vergehenden und neu anschwellenden Beifallsklatschen der Hände, die eigentlich Dampfhämmer sind – vielleicht eilte dann ein junger Galeriebesucher die lange Treppe durch alle Ränge hinab, stürzte in die Manege, riefe das: Halt! durch die Fanfaren des immer sich anpassenden Orchesters.

Da es aber nicht so ist; eine schöne Dame, weiß und rot, hereinfliegt, zwischen den Vorhängen, welche die stolzen Livrierten vor ihr öffnen; der Direktor, hingebungsvoll ihre Augen suchend, in Tierhaltung ihr entgegenatmet; vorsorglich sie auf den Apfelschimmel hebt, als wäre sie seine über alles geliebte Enkelin, die sich auf gefährliche Fahrt begibt; sich nicht entschließen kann, das Peitschenzeichen zu geben; schließlich in Selbstüberwindung es knallend gibt; neben dem Pferde mit offenem Munde einherläuft; die Sprünge der Reiterin scharfen Blickes verfolgt; ihre Kunstfertigkeit kaum begreifen kann; mit englischen Ausrufen zu warnen versucht; die reifenhaltenden Reitknechte wütend zu peinlichster Achtsamkeit ermahnt; vor dem großen Saltomortale das Orchester mit aufgehobenen Händen beschwört, es möge schweigen; schließlich die Kleine vom zitternden Pferde hebt, auf beide Backen küßt und keine Huldigung des Publikums für genügend erachtet; während sie selbst, von ihm gestützt, hoch auf den Fußspitzen, vom Staub umweht, mit ausgebreiteten Armen, zurückgelehntem Köpfchen ihr Glück mit dem ganzen Zirkus teilen will – da dies so ist, legt der Galeriebesucher das Gesicht auf die Brüstung und, im Schlußmarsch wie in einem schweren Traum versinkend, weint er, ohne es zu wissen.

Ein altes Blatt

Es ist, als wäre viel vernachlässigt worden in der Verteidigung unseres Vaterlandes. Wir haben uns bisher nicht darum gekümmert und sind unserer Arbeit nachgegangen; die Ereignisse der letzten Zeit machen uns aber Sorgen.

Ich habe eine Schusterwerkstatt auf dem Platz vor dem kaiserlichen Palast. Kaum öffne ich in der Morgendämmerung meinen Laden, sehe ich schon die Eingänge aller hier einlaufenden Gassen von Bewaffneten besetzt. Es sind aber nicht unsere Soldaten, sondern offenbar Nomaden aus dem

Norden. Auf eine mir unbegreifliche Weise sind sie bis in die Hauptstadt gedrungen, die doch sehr weit von der Grenze entfernt ist. Jedenfalls sind sie also da; es scheint, daß jeden Morgen mehr werden.

Ihrer Natur entsprechend lagern sie unter freiem Himmel, denn Wohnhäuser verabscheuen sie. Sie beschäftigen sich mit dem Schärfen der Schwerter, dem Zuspitzen der Pfeile, mit Übungen zu Pferde. Aus diesem stillen, immer ängstlich rein gehaltenen Platz haben sie einen wahren Stall gemacht. Wir versuchen zwar manchmal aus unseren Geschäften hervorzulaufen und wenigstens den ärgsten Unrat wegzuschaffen, aber es geschieht immer seltener, denn die Anstrengung ist nutzlos und bringt uns überdies in die Gefahr, unter die wilden Pferde zu kommen oder von den Peitschen verletzt zu werden.

Sprechen kann man mit den Nomaden nicht. Unsere Sprache kennen sie nicht, ja sie haben kaum eine eigene. Unter einander verständigen sie sich ähnlich wie Dohlen. Immer wieder hört man diesen Schrei der Dohlen. Unsere Lebensweise, unsere Einrichtungen sind ihnen ebenso unbegreiflich wie gleichgültig. Infolgedessen zeigen sie sich auch gegen jede Zeichensprache ablehnend. Du magst dir die Kiefer verrenken und die Hände aus den Gelenken winden, sie haben dich doch nicht verstanden und werden dich nie verstehen. Oft machen sie Grimassen; dann dreht sich das Weiß ihrer Augen und Schaum schwillt aus ihrem Munde, doch wollen sie damit weder etwas sagen noch auch erschrecken; sie tun es, weil es so ihre Art ist. Was sie brauchen, nehmen sie. Man kann nicht sagen, daß sie Gewalt anwenden. Vor ihrem Zugriff tritt man beiseite und überläßt ihnen alles.

Auch von meinen Vorräten haben sie manches gute Stück genommen. Ich kann aber darüber nicht klagen, wenn ich zum Beispiel zusehe, wie es dem Fleischer gegenüber geht. Kaum bringt er seine Waren ein, ist ihm schon alles entrissen und wird von den Nomaden verschlungen. Auch ihre

Pferde fressen Fleisch; oft liegt ein Reiter neben seinem Pferd und beide nähren sich vom gleichen Fleischstück, jeder an einem Ende. Der Fleischhauer ist ängstlich und wagt es nicht, mit den Fleischlieferungen aufzuhören. Wir verstehen das aber, schießen Geld zusammen und unterstützen ihn. Bekämen die Nomaden kein Fleisch, wer weiß, was ihnen zu tun einfiele; wer weiß allerdings, was ihnen einfallen wird, selbst wenn sie täglich Fleisch bekommen.

Letzthin dachte der Fleischer, er könne sich wenigstens die Mühe des Schlachtens sparen, und brachte am Morgen einen lebendigen Ochsen. Das darf er nicht mehr wiederholen. Ich lag wohl eine Stunde ganz hinten in meiner Werkstatt platt auf dem Boden und alle meine Kleider, Decken und Polster hatte ich über mir aufgehäuft, nur um das Gebrüll des Ochsen nicht zu hören, den von allen Seiten die Nomaden ansprangen, um mit den Zähnen Stücke aus seinem warmen Fleisch zu reißen. Schon lange war es still, ehe ich mich auszugehen getraute; wie Trinker um ein Weinfaß lagen sie müde um die Reste des Ochsen.

Gerade damals glaubte ich den Kaiser selbst in einem Fenster des Palastes gesehen zu haben; niemals sonst kommt er in diese äußeren Gemächer, immer nur lebt er in dem innersten Garten; diesmal aber stand er, so schien es mir wenigstens, an einem der Fenster und blickte mit gesenktem Kopf auf das Treiben vor seinem Schloß.

»Wie wird es werden?« fragen wir uns alle. »Wie lange werden wir diese Last und Qual ertragen? Der kaiserliche Palast hat die Nomaden angelockt, versteht es aber nicht, sie wieder zu vertreiben. Das Tor bleibt verschlossen; die Wache, früher immer festlich ein- und ausmarschierend, hält sich hinter vergitterten Fenstern. Uns Handwerkern und Geschäftsleuten ist die Rettung des Vaterlandes anvertraut; wir sind aber einer solchen Aufgabe nicht gewachsen; haben uns doch auch nie gerühmt, dessen fähig zu sein. Ein Mißverständnis ist es, und wir gehen daran zugrunde.«

Vor dem Gesetz

Vor dem Gesetz steht ein Türhüter. Zu diesem Türhüter kommt ein Mann vom Lande und bittet um Eintritt in das Gesetz. Aber der Türhüter sagt, daß er ihm jetzt den Eintritt nicht gewähren könne. Der Mann überlegt und fragt dann, ob er also später werde eintreten dürfen. »Es ist möglich«, sagt der Türhüter, »jetzt aber nicht.« Da das Tor zum Gesetz offensteht wie immer und der Türhüter beiseite tritt, bückt sich der Mann, um durch das Tor in das Innere zu sehn. Als der Türhüter das merkt, lacht er und sagt: »Wenn es dich so lockt, versuche es doch, trotz meines Verbotes hineinzugehn. Merke aber: Ich bin mächtig. Und ich bin nur der unterste Türhüter. Von Saal zu Saal stehn aber Türhüter, einer mächtiger als der andere. Schon den Anblick des dritten kann nicht einmal ich mehr ertragen.« Solche Schwierigkeiten hat der Mann vom Lande nicht erwartet; das Gesetz soll doch jedem und immer zugänglich sein, denkt er, aber als er jetzt den Türhüter in seinem Pelzmantel genauer ansieht, seine große Spitznase, den langen, dünnen, schwarzen tatarischen Bart, entschließt er sich, doch lieber zu warten, bis er die Erlaubnis zum Eintritt bekommt. Der Türhüter gibt ihm einen Schemel und läßt ihn seitwärts von der Tür sich niedersetzen. Dort sitzt er Tage und Jahre. Er macht viele Versuche, eingelassen zu werden, und ermüdet den Türhüter durch seine Bitten. Der Türhüter stellt öfters kleine Verhöre mit ihm an, fragt ihn über seine Heimat aus und nach vielem andern, es sind aber teilnahmslose Fragen, wie sie große Herren stellen, und zum Schlusse sagt er ihm immer wieder, daß er ihn noch nicht einlassen könne. Der Mann, der sich für seine Reise mit vielem ausgerüstet hat, verwendet alles, und sei es noch so wertvoll, um den Türhüter zu bestechen. Dieser nimmt zwar alles an, aber sagt dabei: »Ich nehme es nur an, damit du nicht glaubst, etwas versäumt zu haben.« Während der vielen Jahre beobachtet der Mann den Türhüter fast ununterbrochen. Er vergißt die andern Türhüter und dieser erste scheint ihm das einzige Hindernis für den Eintritt in das Gesetz. Er verflucht den unglücklichen Zufall, in den ersten Jahren rücksichtslos und laut, später, als er alt wird, brummt er nur noch vor sich hin. Er wird kindisch, und, da er in dem jahrelangen Studium des Türhüters auch die Flöhe in seinem Pelzkragen erkannt hat, bittet er auch die Flöhe, ihm zu helfen und den Türhüter umzustimmen. Schließlich wird sein Augenlicht schwach, und er weiß nicht, ob es um ihn wirklich dunkler wird, oder ob ihn nur seine Augen täuschen. Wohl aber erkennt er jetzt im Dunkel einen Glanz, der unverlöschlich aus der Türe des Gesetzes bricht. Nun lebt er nicht mehr lange. Vor seinem Tode sammeln sich in seinem Kopfe alle Erfahrungen der ganzen Zeit zu einer Frage, die er bisher an den Türhüter noch nicht gestellt hat. Er winkt ihm zu, da er seinen erstarrenden Körper nicht mehr aufrichten kann. Der Türhüter muß sich tief zu ihm hinunterneigen, denn der Größenunterschied hat sich sehr zu ungunsten des Mannes verändert. »Was willst du denn jetzt noch wissen?« fragt der Türhüter, »du bist unersättlich.« »Alle streben doch nach dem Gesetz«, sagt der Mann, »wieso kommt es, daß in den vielen Jahren niemand außer mir Einlaß verlangt hat?« Der Türhüter erkennt, daß der Mann schon an seinem Ende ist, und, um sein vergehendes Gehör noch zu erreichen, brüllt er ihn an: »Hier konnte niemand sonst Einlaß erhalten, denn dieser Eingang war nur für dich bestimmt. Ich gehe jetzt und schließe ihn.«

Schakale und Araber

Wir lagerten in der Oase. Die Gefährten schliefen. Ein Araber, hoch und weiß, kam an mir vorüber; er hatte die Kamele versorgt und ging zum Schlafplatz.

Ich warf mich rücklings ins Gras; ich wollte schlafen; ich konnte nicht; das Klagegeheul eines Schakals in der Ferne;

ich saß wieder aufrecht. Und was so weit gewesen war, war plötzlich nah. Ein Gewimmel von Schakalen um mich her; in mattem Gold erglänzende, verlöschende Augen; schlanke Leiber, wie unter einer Peitsche gesetzmäßig und flink bewegt.

Einer kam von rückwärts, drängte sich, unter meinem Arm durch, eng an mich, als brauche er meine Wärme, trat dann vor mich und sprach, fast Aug in Aug mit mir:

»Ich bin der älteste Schakal, weit und breit. Ich bin glücklich, dich noch hier begrüßen zu können. Ich hatte schon die Hoffnung fast aufgegeben, denn wir warten unendlich lange auf dich; meine Mutter hat gewartet und ihre Mutter und weiter alle ihre Mütter bis hinauf zur Mutter aller Schakale. Glaube es!«

»Das wundert mich«, sagte ich und vergaß, den Holzstoß anzuzünden, der bereit lag, um mit seinem Rauch die Schakale abzuhalten, »das wundert mich sehr zu hören. Nur zufällig komme ich aus dem hohen Norden und bin auf einer kurzen Reise begriffen. Was wollt Ihr denn, Schakale?«

Und wie ermutigt durch diesen vielleicht allzu freundlichen Zuspruch zogen sie ihren Kreis enger um mich; alle atmeten kurz und fauchend.

»Wir wissen«, begann der Älteste, »daß du vom Norden kommst, darauf eben baut sich unsere Hoffnung. Dort ist der Verstand, der hier unter den Arabern nicht zu finden ist. Aus diesem kalten Hochmut, weißt du, ist kein Funken Verstand zu schlagen. Sie töten Tiere, um sie zu fressen, und Aas mißachten sie.«

»Rede nicht so laut«, sagte ich, »es schlafen Araber in der Nähe.«

»Du bist wirklich ein Fremder«, sagte der Schakal, »sonst wüßtest du, daß noch niemals in der Weltgeschichte ein Schakal einen Araber gefürchtet hat. Fürchten sollten wir sie? Ist es nicht Unglück genug, daß wir unter solches Volk verstoßen sind?«

»Mag sein, mag sein«, sagte ich, »ich maße mir kein Urteil an in Dingen, die mir so fern liegen; es scheint ein sehr alter Streit; liegt also wohl im Blut; wird also vielleicht erst mit dem Blute enden.«

»Du bist sehr klug«, sagte der alte Schakal; und alle atmeten noch schneller; mit gehetzten Lungen, trotzdem sie doch stillestanden; ein bitterer, zeitweilig nur mit zusammengeklemmten Zähnen erträglicher Geruch entströmte den offenen Mäulern, »du bist sehr klug; das, was du sagst, entspricht unserer alten Lehre. Wir nehmen ihnen also ihr Blut und der Streit ist zu Ende.«

»Oh!« sagte ich wilder, als ich wollte, »sie werden sich wehren; sie werden mit ihren Flinten euch rudelweise niederschießen.«

»Du mißverstehst uns«, sagte er, »nach Menschenart, die sich also auch im hohen Norden nicht verliert. Wir werden sie doch nicht töten. Soviel Wasser hätte der Nil nicht, um uns rein zu waschen. Wir laufen doch schon vor dem bloßen Anblick ihres lebenden Leibes weg, in reinere Luft, in die Wüste, die deshalb unsere Heimat ist.«

Und alle Schakale ringsum, zu denen inzwischen noch viele von fernher gekommen waren, senkten die Köpfe zwischen die Vorderbeine und putzten sie mit den Pfoten; es war, als wollten sie einen Widerwillen verbergen, der so schrecklich war, daß ich am liebsten mit einem hohen Sprung aus ihrem Kreis entflohen wäre.

»Was beabsichtigt Ihr also zu tun«, fragte ich und wollte aufstehn; aber ich konnte nicht; zwei junge Tiere hatten sich mir hinten in Rock und Hemd festgebissen; ich mußte sitzen bleiben. »Sie halten deine Schleppe«, sagte der alte Schakal erklärend und ernsthaft, »eine Ehrbezeugung.« »Sie sollen mich loslassen!« rief ich, bald zum Alten, bald zu den Jungen gewendet. »Sie werden es natürlich«, sagte der Alte, »wenn du es verlangst. Es dauert aber ein Weilchen, denn sie haben nach der Sitte tief sich eingebissen und müssen erst langsam die Gebisse voneinander lösen. Inzwischen höre unsere Bitte.« »Euer Verhalten hat mich dafür nicht sehr empfänglich gemacht«, sagte ich. »Laß uns unser Ungeschick nicht entgelten«, sagte er und nahm jetzt zum erstenmal den Klageton seiner natürlichen Stimme zu Hilfe, »wir sind arme Tiere, wir haben nur das Gebiß; für alles, was wir tun wollen, das Gute und das Schlechte, bleibt uns einzig das Gebiß.« »Was willst du also?« fragte ich, nur wenig besänftigt.

»Herr«, rief er, und alle Schakale heulten auf; in fernster Ferne schien es mir eine Melodie zu sein. »Herr, du sollst den Streit beenden, der die Welt entzweit. So wie du bist, haben unsere Alten den beschrieben, der es tun wird. Frieden müssen wir haben von den Arabern; atembare Luft; gereinigt von ihnen den Ausblick rund am Horizont; kein Klagegeschrei eines Hammels, den der Araber absticht; ruhig soll alles Getier krepieren; ungestört soll es von uns leergetrunken und bis auf die Knochen gereinigt werden. Reinheit, nichts als Reinheit wollen wir«, – und nun weinten, schluchzten alle – »wie erträgst nur du es in dieser Welt, du edles Herz und süßes Eingeweide? Schmutz ist ihr Weiß; Schmutz ist ihr Schwarz; ein Grauen ist ihr Bart; speien muß man beim Anblick ihrer Augenwinkel; und heben sie den Arm, tut sich in der Achselhöhle die Hölle auf. Darum, o Herr, darum o teuerer Herr, mit Hilfe deiner alles vermögenden Hände, mit Hilfe deiner alles vermögenden Hände schneide ihnen mit dieser Schere die Hälse durch!« Und einem Ruck seines Kopfes folgend kam ein Schakal herbei, der an einem Eckzahn eine kleine, mit altem Rost bedeckte Nähschere trug.

»Also endlich die Schere und damit Schluß!« rief der Araberführer unserer Karawane, der sich gegen den Wind an uns herangeschlichen hatte und nun seine riesige Peitsche schwang.

Alles verlief sich eiligst, aber in einiger Entfernung blieben sie doch, eng zusammengekauert, die vielen Tiere so eng und starr, daß es aussah wie eine schmale Hürde, von Irrlichtern umflogen.

»So hast du, Herr, auch dieses Schauspiel gesehen und gehört«, sagte der Araber und lachte so fröhlich, als es die Zurückhaltung seines Stammes erlaubte. »Du weißt also, was die Tiere wollen?« fragte ich. »Natürlich, Herr«, sagte er, »das ist doch allbekannt; solange es Araber gibt, wandert diese Schere durch die Wüste und wird mit uns wandern bis ans Ende der Tage. Jedem Europäer wird sie angeboten zu dem großen Werk; jeder Europäer ist gerade derjenige, welcher ihnen berufen scheint. Eine unsinnige Hoffnung haben diese Tiere; Narren, wahre Narren sind sie. Wir lieben sie deshalb; es sind unsere Hunde; schöner als die Eurigen. Sieh nur, ein Kamel ist in der Nacht verendet, ich habe es herschaffen lassen.«

Vier Träger kamen und warfen den schweren Kadaver vor uns hin. Kaum lag er da, erhoben die Schakale ihre Stimmen. Wie von Stricken unwiderstehlich jeder einzelne gezogen, kamen sie, stockend, mit dem Leib den Boden streifend, heran. Sie hatten die Araber vergessen, den Haß vergessen, die alles auslöschende Gegenwart des stark ausdunstenden Leichnams bezauberte sie. Schon hing einer am Hals und fand mit dem ersten Biß die Schlagader. Wie eine kleine rasende Pumpe, die ebenso unbedingt wie aussichtslos einen übermächtigen Brand löschen will, zerrte und zuckte jede Muskel seines Körpers an ihrem Platz. Und schon lagen in gleicher Arbeit alle auf dem Leichnam hoch zu Berg.

Da strich der Führer kräftig mit der scharfen Peitsche kreuz und quer über sie. Sie hoben die Köpfe; halb in Rausch und Ohnmacht; sahen die Araber vor sich stehen; bekamen jetzt die Peitsche mit den Schnauzen zu fühlen; zogen sich im Sprung zurück und liefen eine Strecke rückwärts. Aber das Blut des Kamels lag schon in Lachen da, rauchte empor, der Körper war an mehreren Stellen weit aufgerissen. Sie konnten nicht widerstehen; wieder waren sie da; wieder hob der Führer die Peitsche; ich faßte seinen Arm.

»Du hast Recht, Herr«, sagte er, »wir lassen sie bei ihrem Beruf; auch ist es Zeit aufzubrechen. Gesehen hast du sie. Wunderbare Tiere, nicht wahr? Und wie sie uns hassen!«

Ein Besuch im Bergwerk

Heute waren die obersten Ingenieure bei uns unten. Es ist irgendein Auftrag der Direktion ergangen, neue Stollen zu legen, und da kamen die Ingenieure, um die allerersten Ausmessungen vorzunehmen. Wie jung diese Leute sind und dabei schon so verschiedenartig! Sie haben sich alle frei entwickelt, und ungebunden zeigt sich ihr klar bestimmtes Wesen schon in jungen Jahren.

Einer, schwarzhaarig, lebhaft, läßt seine Augen überallhin laufen.

Ein Zweiter mit einem Notizblock, macht im Gehen Aufzeichnungen, sieht umher, vergleicht, notiert.

Ein Dritter, die Hände in den Rocktaschen, so daß sich alles an ihm spannt, geht aufrecht; wahrt die Würde; nur im fortwährenden Beißen seiner Lippen zeigt sich die ungeduldige, nicht zu unterdrückende Jugend.

Ein Vierter gibt dem Dritten Erklärungen, die dieser nicht verlangt; kleiner als er, wie ein Versucher neben ihm herlaufend, scheint er, den Zeigefinger immer in der Luft, eine Litanei über alles, was hier zu sehen ist, ihm vorzutragen.

Ein Fünfter, vielleicht der oberste im Rang, duldet keine Begleitung; ist bald vorn, bald hinten; die Gesellschaft richtet ihren Schritt nach ihm; er ist bleich und schwach; die Verantwortung hat seine Augen ausgehöhlt; oft drückt er im Nachdenken die Hand an die Stirn.

Der Sechste und Siebente gehen ein wenig gebückt, Kopf nah an Kopf, Arm in Arm, in vertrautem Gespräch; wäre hier nicht offenbar unser Kohlenbergwerk und unser Arbeitsplatz im tiefsten Stollen, könnte man glauben, diese knochigen, bartlosen, knollennasigen Herren seien junge Geistliche. Der eine lacht meistens mit katzenartigem Schnurren in sich hinein; der andere, gleichfalls lächelnd, führt das Wort und gibt mit der freien Hand irgendeinen Takt dazu. Wie sicher müssen diese zwei Herren ihrer Stellung sein, ja welche Verdienste müssen sie sich trotz ihrer Jugend um unser Bergwerk schon erworben haben, daß sie hier, bei einer so wichtigen Begehung, unter den Augen ihres Chefs, nur mit eigenen oder wenigstens mit solchen Angelegenheiten, die nicht mit der augenblicklichen Aufgabe zusammenhängen, so unbeirrbar sich beschäftigen dürfen. Oder sollte es möglich sein, daß sie, trotz alles Lachens und aller Unaufmerksamkeit, das, was nötig ist, sehr wohl bemerken? Man wagt über solche Herren kaum ein bestimmtes Urteil abzugeben.

Andererseits ist es aber doch wieder zweifellos, daß zum Beispiel der Achte unvergleichlich mehr als diese, ja mehr als alle anderen Herren bei der Sache ist. Er muß alles anfassen und mit einem kleinen Hammer, den er immer wieder aus der Tasche zieht und immer wieder dort verwahrt, beklopfen. Manchmal kniet er trotz seiner eleganten Kleidung in den Schmutz nieder und beklopft den Boden, dann wieder nur im Gehen die Wände oder die Decke über seinem Kopf. Einmal hat er sich lang hingelegt und lag dort still; wir dachten schon, es sei ein Unglück geschehen; aber dann sprang er mit einem kleinen Zusammenzucken seines schlanken Körpers auf. Er hatte also wieder nur eine Untersuchung gemacht. Wir glauben unser Bergwerk und seine Steine zu kennen, aber was dieser Ingenieur auf diese Weise hier immerfort untersucht, ist uns unverständlich.

Ein Neunter schiebt vor sich eine Art Kinderwagen, in welchem die Meßapparate liegen. Äußerst kostbare Apparate, tief in zarteste Watte eingelegt. Diesen Wagen sollte ja eigentlich der Diener schieben, aber es wird ihm nicht anvertraut; ein Ingenieur mußte heran und er tut es gern, wie man sieht. Er ist wohl der Jüngste, vielleicht versteht er noch gar nicht alle Apparate, aber sein Blick ruht immerfort auf ihnen, fast kommt er dadurch manchmal in Gefahr, mit dem Wagen an eine Wand zu stoßen.

Aber da ist ein anderer Ingenieur, der neben dem Wagen hergeht und es verhindert. Dieser versteht offenbar die Apparate von Grund aus und scheint ihr eigentlicher Verwahrer zu sein. Von Zeit zu Zeit nimmt er, ohne den Wagen anzuhalten, einen Bestandteil der Apparate heraus, blickt hindurch, schraubt auf oder zu, schüttelt und beklopft, hält ans Ohr und horcht; und legt schließlich, während der Wagenführer meist stillsteht, das kleine, von der Ferne kaum sichtbare Ding mit aller Vorsicht wieder in den Wagen. Ein wenig herrschsüchtig ist dieser Ingenieur, aber doch nur im Namen der Apparate. Zehn Schritte vor dem Wagen sollen wir schon, auf ein wortloses Fingerzeichen hin, zur Seite weichen, selbst dort, wo kein Platz zum Ausweichen ist.

Hinter diesen zwei Herren geht der unbeschäftigte Diener. Die Herren haben, wie es bei ihrem großen Wissen selbstverständlich ist, längst jeden Hochmut abgelegt, der Diener dagegen scheint ihn in sich aufgesammelt zu haben. Die eine Hand im Rücken, mit der anderen vorn über seine vergoldeten Knöpfe oder das feine Tuch seines Livreerockes streichend, nickt er öfters nach rechts und links, so als ob wir gegrüßt hätten und er antwortete, oder so, als nehme er an, daß wir gegrüßt hätten, könne es aber von seiner Höhe aus nicht nachprüfen. Natürlich grüßen wir ihn nicht, aber doch möchte man bei seinem Anblick fast glauben, es sei etwas Ungeheures, Kanzleidiener der Bergdirektion zu sein. Hinter ihm lachen wir allerdings, aber da auch ein Donnerschlag ihn nicht veranlassen könnte, sich umzudrehen, bleibt er doch als etwas Unverständliches in unserer Achtung.

Heute wird wenig mehr gearbeitet; die Unterbrechung war zu ausgiebig; ein solcher Besuch nimmt alle Gedanken an Arbeit mit sich fort. Allzu verlockend ist es, den Herren in das Dunkel des Probestollens nachzublicken, in dem sie alle verschwunden sind. Auch geht unsere Arbeitsschicht bald zu Ende; wir werden die Rückkehr der Herren nicht mehr mit ansehen.

Das nächste Dorf

Mein Großvater pflegte zu sagen: »Das Leben ist erstaunlich kurz. Jetzt in der Erinnerung drängt es sich mir so zusammen, daß ich zum Beispiel kaum begreife, wie ein junger Mensch sich entschließen kann ins nächste Dorf zu reiten, ohne zu fürchten, daß – von unglücklichen Zufällen ganz abgesehen – schon die Zeit des gewöhnlichen, glücklich ablaufenden Lebens für einen solchen Ritt bei weitem nicht hinreicht.«

Eine kaiserliche Botschaft

Der Kaiser – so heißt es – hat Dir, dem Einzelnen, dem jämmerlichen Untertanen, dem winzig vor der kaiserlichen Sonne in die fernste Ferne geflüchteten Schatten, gerade Dir hat der Kaiser von seinem Sterbebett aus eine Botschaft gesendet. Den Boten hat er beim Bett niederknieen lassen und ihm die Botschaft ins Ohr zugeflüstert; so sehr war ihm an ihr gelegen, daß er sich sie noch ins Ohr wiedersagen ließ. Durch Kopfnicken hat er die Richtigkeit des Gesagten bestätigt. Und vor der ganzen Zuschauerschaft seines Todes – alle hindernden Wände werden niedergebrochen und auf den weit und hoch sich schwingenden Freitreppen stehen im Ring die Großen des Reichs – vor allen diesen hat er den Boten abgefertigt. Der Bote hat sich gleich auf den Weg gemacht; ein kräftiger, ein unermüdlicher Mann; einmal diesen, einmal den andern Arm vorstreckend schafft er sich Bahn durch die Menge; findet er Widerstand, zeigt er auf die Brust, wo das Zeichen der Sonne ist; er kommt auch leicht vorwärts, wie kein anderer. Aber die Menge ist so groß; ihre Wohnstätten nehmen kein Ende. Öffnete sich freies Feld, wie würde er fliegen und bald wohl hörtest Du das herrliche Schlagen seiner Fäuste an Deiner Tür. Aber statt dessen, wie nutzlos müht er sich ab; immer noch zwängt er sich durch die Gemächer des innersten Palastes; niemals wird er sie überwinden; und gelänge ihm dies, nichts wäre gewonnen; die Treppen hinab müßte er sich kämpfen; und gelänge ihm dies, nichts wäre gewonnen; die Höfe wären zu durchmessen; und nach den Höfen der zweite umschließende Palast; und wieder Treppen und Höfe; und wieder ein Palast; und so weiter durch Jahrtausende; und stürzte er endlich aus dem äußersten Tor – aber niemals, niemals kann es geschehen – liegt erst die Residenzstadt vor ihm, die Mitte der Welt, hochgeschüttet voll ihres Bodensatzes. Niemand dringt hier durch und gar mit der Botschaft eines Toten. – Du aber sitzt an Deinem Fenster und erträumst sie Dir, wenn der Abend kommt.

Die Sorge des Hausvaters

Die einen sagen, das Wort Odradek stamme aus dem Slawischen und sie suchen auf Grund dessen die Bildung des Wortes nachzuweisen. Andere wieder meinen, es stamme aus dem Deutschen, vom Slawischen sei es nur beeinflußt. Die Unsicherheit beider Deutungen aber läßt wohl mit Recht darauf schließen, daß keine zutrifft, zumal man auch mit keiner von ihnen einen Sinn des Wortes finden kann.

Natürlich würde sich niemand mit solchen Studien beschäftigen, wenn es nicht wirklich ein Wesen gäbe, das Odradek heißt. Es sieht zunächst aus wie eine flache sternartige Zwirnspule, und tatsächlich scheint es auch mit Zwirn bezogen; allerdings dürften es nur abgerissene, alte, aneinander geknotete, aber auch ineinander verfitzte Zwirnstücke von verschiedenster Art und Farbe sein. Es ist aber nicht nur eine Spule, sondern aus der Mitte des Sternes kommt ein kleines Querstäbchen hervor und an dieses Stäbchen fügt sich dann im rechten Winkel noch eines. Mit Hilfe dieses letzteren Stäbchens auf der einen Seite, und einer der Ausstrahlungen des Sternes auf der anderen Seite, kann das Ganze wie auf zwei Beinen aufrecht stehen.

Man wäre versucht zu glauben, dieses Gebilde hätte früher irgendeine zweckmäßige Form gehabt und jetzt sei es nur zerbrochen. Dies scheint aber nicht der Fall zu sein; wenigstens findet sich kein Anzeichen dafür; nirgends sind Ansätze oder Bruchstellen zu sehen, die auf etwas Derartiges hinweisen würden; das Ganze erscheint zwar sinnlos, aber in seiner Art abgeschlossen. Näheres läßt sich übrigens nicht darüber sagen, da Odradek außerordentlich beweglich und nicht zu fangen ist.

Er hält sich abwechselnd auf dem Dachboden, im Treppenhaus, auf den Gängen, im Flur auf. Manchmal ist er monatelang nicht zu sehen; da ist er wohl in andere Häuser übersiedelt; doch kehrt er dann unweigerlich wieder in unser Haus zurück. Manchmal, wenn man aus der Tür tritt und er lehnt gerade unten am Treppengeländer, hat man Lust, ihn anzusprechen. Natürlich stellt man an ihn keine schwierigen Fragen, sondern behandelt ihn – schon seine Winzigkeit verführt dazu – wie ein Kind. »Wie heißt du denn?« fragt man ihn. »Odradek«, sagt er. »Und wo wohnst du?« »Unbestimmter Wohnsitz«, sagt er und lacht; es ist aber nur ein Lachen, wie man es ohne Lungen hervorbringen kann. Es klingt etwa so, wie das Rascheln in gefallenen Blättern. Damit ist die Unterhaltung meist zu Ende. Übrigens sind selbst diese Antworten nicht immer zu erhalten; oft ist er lange stumm, wie das Holz, das er zu sein scheint.

Vergeblich frage ich mich, was mit ihm geschehen wird. Kann er denn sterben? Alles, was stirbt, hat vorher eine Art Ziel, eine Art Tätigkeit gehabt und daran hat es sich zerrieben; das trifft bei Odradek nicht zu. Sollte er also einstmals etwa noch vor den Füßen meiner Kinder und Kindeskinder mit nachschleifendem Zwirnsfaden die Treppe hinunterkollern? Er schadet ja offenbar niemandem; aber die Vorstellung, daß er mich auch noch überleben sollte, ist mir eine fast schmerzliche.

Elf Söhne

Ich habe elf Söhne.

Der Erste ist äußerlich sehr unansehnlich, aber ernsthaft und klug; trotzdem schätze ich ihn, wiewohl ich ihn als Kind wie alle andern liebe, nicht sehr hoch ein. Sein Denken scheint mir zu einfach. Er sieht nicht rechts noch links und nicht in die Weite; in seinem kleinen Gedankenkreis läuft er immerfort rundum oder dreht sich vielmehr.

Der Zweite ist schön, schlank, wohlgebaut; es entzückt, ihn in Fechterstellung zu sehen. Auch er ist klug, aber überdies welterfahren; er hat viel gesehen, und deshalb scheint selbst die heimische Natur vertrauter mit ihm zu sprechen, als mit den Daheimgebliebenen. Doch ist gewiß dieser Vorzug nicht nur und nicht einmal wesentlich dem Reisen zu verdanken, er gehört vielmehr zu dem Unnachahmlichen dieses Kindes, das zum Beispiel von jedem anerkannt wird, der etwa seinen vielfach sich überschlagenden und doch geradezu wild beherrschten Kunstsprung ins Wasser ihm nachmachen will. Bis zum Ende des Sprungbrettes reicht der Mut und die Lust, dort aber statt zu springen, setzt sich plötzlich der Nachahmer und hebt entschuldigend die Arme. – Und trotz dem allen (ich sollte doch eigentlich glückselig sein über ein solches Kind) ist mein Verhältnis zu ihm nicht ungetrübt. Sein linkes Auge ist ein wenig kleiner als das rechte und zwinkert viel; ein kleiner Fehler nur, gewiß, der sein Gesicht sogar noch verwegener macht als es sonst gewesen wäre, und niemand wird gegenüber der unnahbaren Abgeschlossenheit seines Wesens dieses kleinere zwinkernde Auge tadelnd bemerken. Ich, der Vater, tue es.

Es ist natürlich nicht dieser körperliche Fehler, der mir weh tut, sondern eine ihm irgendwie entsprechende kleine Unregelmäßigkeit seines Geistes, irgendein in seinem Blut irrendes Gift, irgendeine Unfähigkeit, die mir allein sichtbare Anlage seines Lebens rund zu vollenden. Gerade dies macht ihn allerdings andererseits wieder zu meinem wahren Sohn, denn dieser sein Fehler ist gleichzeitig der Fehler unserer ganzen Familie und an diesem Sohn nur überdeutlich.

Der dritte Sohn ist gleichfalls schön, aber es ist nicht die Schönheit, die mir gefällt. Es ist die Schönheit des Sängers: der geschwungene Mund; das träumerische Auge; der Kopf, der eine Draperie hinter sich benötigt, um zu wirken; die unmäßig sich wölbende Brust; die leicht auffahrenden und viel zu leicht sinkenden Hände; die Beine, die sich zieren, weil sie nicht tragen können. Und überdies: der Ton seiner Stimme ist nicht voll; trügt einen Augenblick; läßt den Kenner aufhorchen; veratmet aber kurz darauf. – Trotzdem im allgemeinen alles verlockt, diesen Sohn zur Schau zu stellen, halte ich ihn doch am liebsten im Verborgenen; er selbst drängt sich nicht auf, aber nicht etwa deshalb, weil er seine Mängel kennt, sondern aus Unschuld. Auch fühlt er sich fremd in unserer Zeit; als gehöre er zwar zu meiner Familie, aber überdies noch zu einer andern, ihm für immer verlorenen, ist er oft unlustig und nichts kann ihn aufheitern.

Mein vierter Sohn ist vielleicht der umgänglichste von allen. Ein wahres Kind seiner Zeit, ist er jedermann verständlich, er steht auf dem allen gemeinsamen Boden und jeder ist versucht, ihm zuzunicken. Vielleicht durch diese allgemeine Anerkennung gewinnt sein Wesen etwas Leichtes, seine Bewegungen etwas Freies, seine Urteile etwas Unbekümmertes. Manche seiner Aussprüche möchte man oft wiederholen, allerdings nur manche, denn in seiner Gesamtheit krankt er doch wieder an allzu großer Leichtigkeit. Er ist wie einer, der bewundernswert abspringt, schwalbengleich die Luft teilt, dann aber doch trostlos im öden Staube endet, ein Nichts. Solche Gedanken vergällen mir den Anblick dieses Kindes.

Der fünfte Sohn ist lieb und gut; versprach viel weniger als er hielt; war so unbedeutend, daß man sich förmlich in seiner Gegenwart allein fühlte; hat es aber doch zu einigem Ansehen gebracht. Fragte man mich, wie das geschehen ist, so könnte ich kaum antworten. Unschuld dringt vielleicht doch noch am leichtesten durch das Toben der Elemente in dieser Welt, und unschuldig ist er. Vielleicht allzu unschuldig. Freundlich zu jedermann. Vielleicht allzu freundlich. Ich gestehe: mir wird nicht wohl, wenn man ihn mir gegenüber lobt. Es heißt doch, sich das Loben etwas zu leicht zu machen, wenn man einen so offensichtlich Lobenswürdigen lobt, wie es mein Sohn ist.

Mein sechster Sohn scheint, wenigstens auf den ersten Blick, der tiefsinnigste von allen. Ein Kopfhänger und doch ein Schwätzer. Deshalb kommt man ihm nicht leicht bei. Ist er am Unterliegen, so verfällt er in unbesiegbare Traurigkeit; erlangt er das Übergewicht, so wahrt er es durch Schwätzen. Doch spreche ich ihm eine gewisse selbstvergessene Leidenschaft nicht ab; bei hellem Tag kämpft er sich oft durch das Denken wie im Traum. Ohne krank zu sein – vielmehr hat er eine sehr gute Gesundheit – taumelt er manchmal, besonders in der Dämmerung, braucht aber keine Hilfe, fällt nicht. Vielleicht hat an dieser Erscheinung seine körperliche Entwicklung schuld, er ist viel zu groß für sein Alter. Das macht ihn unschön im Ganzen, trotz auffallend schöner Einzelheiten, zum Beispiel der Hände und Füße. Unschön ist übrigens auch seine Stirn; sowohl in der Haut, als in der Knochenbildung irgendwie verschrumpft.

Der siebente Sohn gehört mir vielleicht mehr als alle andern. Die Welt versteht ihn nicht zu würdigen; seine besondere Art von Witz versteht sie nicht. Ich überschätze ihn nicht; ich weiß, er ist geringfügig genug; hätte die Welt keinen andern Fehler als den, daß sie ihn nicht zu würdigen weiß, sie wäre noch immer makellos. Aber innerhalb der

Familie wollte ich diesen Sohn nicht missen. Sowohl Unruhe bringt er, als auch Ehrfurcht vor der Überlieferung, und beides fügt er, wenigstens für mein Gefühl, zu einem unanfechtbaren Ganzen. Mit diesem Ganzen weiß er allerdings selbst am wenigsten etwas anzufangen; das Rad der Zukunft wird er nicht ins Rollen bringen; aber diese seine Anlage ist so aufmunternd, so hoffnungsreich; ich wollte, er hätte Kinder und diese wieder Kinder. Leider scheint sich dieser Wunsch nicht erfüllen zu wollen. In einer mir zwar begreiflichen, aber ebenso unerwünschten Selbstzufriedenheit, die allerdings in großartigem Gegensatz zum Urteil seiner Umgebung steht, treibt er sich allein umher, kümmert sich nicht um Mädchen und wird trotzdem niemals seine gute Laune verlieren.

Mein achter Sohn ist mein Schmerzenskind, und ich weiß eigentlich keinen Grund dafür. Er sieht mich fremd an, und ich fühle mich doch väterlich eng mit ihm verbunden. Die Zeit hat vieles gut gemacht; früher aber befiel mich manchmal ein Zittern, wenn ich nur an ihn dachte. Er geht seinen eigenen Weg; hat alle Verbindungen mit mir abgebrochen; und wird gewiß mit seinem harten Schädel, seinem kleinen athletischen Körper – nur die Beine hatte er als Junge recht schwach, aber das mag sich inzwischen schon ausgeglichen haben – überall durchkommen, wo es ihm beliebt. Öfters hatte ich Lust, ihn zurückzurufen, ihn zu fragen, wie es eigentlich um ihn steht, warum er sich vom Vater so abschließt und was er im Grunde beabsichtigt, aber nun ist er so weit und so viel Zeit ist schon vergangen, nun mag es so bleiben wie es ist. Ich höre, daß er als der einzige meiner Söhne einen Vollbart trägt; schön ist das bei einem so kleinen Mann natürlich nicht.

Mein neunter Sohn ist sehr elegant und hat den für Frauen bestimmten süßen Blick. So süß, daß er bei Gelegenheit sogar mich verführen kann, der ich doch weiß, daß förmlich ein nasser Schwamm genügt, um allen diesen überirdischen Glanz wegzuwischen. Das Besondere an diesem

Jungen aber ist, daß er gar nicht auf Verführung ausgeht; ihm würde es genügen, sein Leben lang auf dem Kanapee zu liegen und seinen Blick an die Zimmerdecke zu verschwenden oder noch viel lieber ihn unter den Augenlidern ruhen zu lassen. Ist er in dieser von ihm bevorzugten Lage, dann spricht er gern und nicht übel; gedrängt und anschaulich; aber doch nur in engen Grenzen; geht er über sie hinaus, was sich bei ihrer Enge nicht vermeiden läßt, wird sein Reden ganz leer. Man würde ihm abwinken, wenn man Hoffnung hätte, daß dieser mit Schlaf gefüllte Blick es bemerken könnte.

Mein zehnter Sohn gilt als unaufrichtiger Charakter. Ich will diesen Fehler nicht ganz in Abrede stellen, nicht ganz bestätigen. Sicher ist, daß, wer ihn in der weit über sein Alter hinausgehenden Feierlichkeit herankommen sieht, im immer festgeschlossenen Gehrock, im alten, aber übersorgfältig geputzten schwarzen Hut, mit dem unbewegten Gesicht, dem etwas vorragenden Kinn, den schwer über die Augen sich wölbenden Lidern, den manchmal an den Mund geführten zwei Fingern – wer ihn so sieht, denkt: das ist ein grenzenloser Heuchler. Aber, nun höre man ihn reden! Verständig; mit Bedacht; kurz angebunden; mit boshafter Lebendigkeit Fragen durchkreuzend; in erstaunlicher, selbstverständlicher und froher Übereinstimmung mit dem Weltganzen; eine Übereinstimmung, die notwendigerweise den Hals strafft und den Kopf erheben läßt. Viele, die sich sehr klug dünken und die sich, aus diesem Grunde wie sie meinten, von seinem Äußern abgestoßen fühlten, hat er durch sein Wort stark angezogen. Nun gibt es aber wieder Leute, die sein Äußeres gleichgültig läßt, denen aber sein Wort heuchlerisch erscheint. Ich, als Vater, will hier nicht entscheiden, doch muß ich eingestehen, daß die letzteren Beurteiler jedenfalls beachtenswerter sind als die ersteren.

Mein elfter Sohn ist zart, wohl der schwächste unter meinen Söhnen; aber täuschend in seiner Schwäche; er kann nämlich zu Zeiten kräftig und bestimmt sein, doch ist allerdings selbst dann die Schwäche irgendwie grundlegend. Es ist aber keine beschämende Schwäche, sondern etwas, das nur auf diesem unsern Erdboden als Schwäche erscheint. Ist nicht zum Beispiel auch Flugbereitschaft Schwäche, da sie doch Schwanken und Unbestimmtheit und Flattern ist? Etwas Derartiges zeigt mein Sohn. Den Vater freuen natürlich solche Eigenschaften nicht; sie gehen ja offenbar auf Zerstörung der Familie aus. Manchmal blickt er mich an, als wollte er mir sagen: »Ich werde dich mitnehmen, Vater.« Dann denke ich: »Du wärst der Letzte, dem ich mich vertraue.« Und sein Blick scheint wieder zu sagen: »Mag ich also wenigstens der Letzte sein.«

Das sind die elf Söhne.

Ein Brudermord

Es ist erwiesen, daß der Mord auf folgende Weise erfolgte:

Schmar, der Mörder, stellte sich gegen neun Uhr abends in der mondklaren Nacht an jener Straßenecke auf, wo Wese, das Opfer, aus der Gasse, in welcher sein Bureau lag, in jene Gasse einbiegen mußte, in der er wohnte.

Kalte, jeden durchschauernde Nachtluft. Aber Schmar hatte nur ein dünnes blaues Kleid angezogen; das Röckchen war überdies aufgeknöpft. Er fühlte keine Kälte; auch war er immerfort in Bewegung. Seine Mordwaffe, halb Bajonett, halb Küchenmesser, hielt er ganz bloßgelegt immer fest im Griff. Betrachtete das Messer gegen das Mondlicht; die Schneide blitzte auf; nicht genug für Schmar; er hieb mit ihr gegen die Backsteine des Pflasters, daß es Funken gab; bereute es vielleicht; und um den Schaden gut zu machen, strich er mit ihr violinbogenartig über seine Stiefelsohle, während er, auf einem Bein stehend, vorgebeugt, gleichzeitig dem Klang des Messers an seinem Stiefel, gleichzeitig in die schicksalsvolle Seitengasse lauschte.

Warum duldete das alles der Private Pallas, der in der Nähe aus seinem Fenster im zweiten Stockwerk alles beobachtete? Ergründe die Menschennatur! Mit hochgeschlagenem Kragen, den Schlafrock um den weiten Leib gegürtet, kopfschüttelnd, blickte er hinab.

Und fünf Häuser weiter, ihm schräg gegenüber, sah Frau Wese, den Fuchspelz über ihrem Nachthemd, nach ihrem Manne aus, der heute ungewöhnlich lange zögerte.

Endlich ertönt die Türglocke vor Weses Bureau, zu laut für eine Türglocke, über die Stadt hin, zum Himmel auf, und Wese, der fleißige Nachtarbeiter, tritt dort, in dieser Gasse noch unsichtbar, nur durch das Glockenzeichen angekündigt, aus dem Haus; gleich zählt das Pflaster seine ruhigen Schritte.

Pallas beugt sich weit hervor; er darf nichts versäumen. Frau Wese schließt, beruhigt durch die Glocke, klirrend ihr Fenster. Schmar aber kniet nieder; da er augenblicklich keine anderen Blößen hat, drückt er nur Gesicht und Hände gegen die Steine; wo alles friert, glüht Schmar.

Gerade an der Grenze, welche die Gassen scheidet, bleibt Wese stehen, nur mit dem Stock stützt er sich in die jenseitige Gasse. Eine Laune. Der Nachthimmel hat ihn angelockt, das Dunkelblaue und das Goldene. Unwissend blickt er es an, unwissend streicht er das Haar unter dem gelüpften Hut; nichts rückt dort oben zusammen, um ihm die allernächste Zukunft anzuzeigen; alles bleibt an seinem unsinnigen, unerforschlichen Platz. An und für sich sehr vernünftig, daß Wese weitergeht, aber er geht ins Messer des Schmar.

»Wese!« schreit Schmar, auf den Fußspitzen stehend, den Arm aufgereckt, das Messer scharf gesenkt, »Wese! Vergebens wartet Julia!« Und rechts in den Hals und links in den Hals und drittens tief in den Bauch sticht Schmar. Wasserratten, aufgeschlitzt, geben einen ähnlichen Laut von sich wie Wese.

»Getan«, sagt Schmar und wirft das Messer, den überflüssigen blutigen Ballast, gegen die nächste Hausfront. »Seligkeit des Mordes! Erleichterung, Beflügelung durch das Fließen des fremden Blutes! Wese, alter Nachtschatten, Freund, Bierbankgenosse, versickerst im dunklen Straßengrund. Warum bist du nicht einfach eine mit Blut gefüllte Blase, daß ich mich auf dich setzte und du verschwändest ganz und gar. Nicht alles wird erfüllt, nicht alle Blütenträume reiften, dein schwerer Rest liegt hier, schon unzugänglich jedem Tritt. Was soll die stumme Frage, die du damit stellst?«

Pallas, alles Gift durcheinander würgend in seinem Leib, steht in seiner zweiflügelig aufspringenden Haustür. »Schmar! Schmar! Alles bemerkt, nichts übersehen.« Pallas und Schmar prüfen einander. Pallas befriedigt's, Schmar kommt zu keinem Ende.

Frau Wese mit einer Volksmenge zu ihren beiden Seiten eilt mit vor Schrecken ganz gealtertem Gesicht herbei. Der Pelz öffnet sich, sie stürzt über Wese, der nachthemdbekleidete Körper gehört ihm, der über dem Ehepaar sich wie der Rasen eines Grabes schließende Pelz gehört der Menge.

Schmar, mit Mühe die letzte Übelkeit verbeißend, den Mund an die Schulter des Schutzmannes gedrückt, der leichtfüßig ihn davonführt.

Ein Traum

Josef K. träumte:

Es war ein schöner Tag und K. wollte spazieren gehen. Kaum aber hatte er zwei Schritte gemacht, war er schon auf dem Friedhof. Es waren dort sehr künstliche, unpraktisch gewundene Wege, aber er glitt über einen solchen Weg wie auf einem reißenden Wasser in unerschütterlich schwebender Haltung. Schon von der Ferne faßte er einen frisch aufgeworfenen Grabhügel ins Auge, bei dem er Halt machen wollte. Dieser Grabhügel übte fast eine Verlockung auf ihn aus und er glaubte, gar nicht eilig genug hinkommen zu können. Manchmal aber sah er den Grabhügel kaum, er wurde ihm verdeckt durch Fahnen, deren Tücher sich wanden und mit großer Kraft aneinanderschlugen; man sah die Fahnenträger nicht, aber es war, als herrsche dort viel Jubel.

Während er den Blick noch in die Ferne gerichtet hatte, sah er plötzlich den gleichen Grabhügel neben sich am Weg, ja fast schon hinter sich. Er sprang eilig ins Gras. Da der Weg unter seinem abspringenden Fuß weiter raste, schwankte er und fiel gerade vor dem Grabhügel ins Knie. Zwei Männer standen hinter dem Grab und hielten zwischen sich einen Grabstein in der Luft; kaum war K. erschienen, stießen sie den Stein in die Erde und er stand wie festgemauert. Sofort trat aus einem Gebüsch ein dritter Mann hervor, den K. gleich als einen Künstler erkannte. Er war nur mit Hosen und einem schlecht zugeknöpften Hemd bekleidet; auf dem Kopf hatte er eine Samtkappe; in der Hand hielt er einen gewöhnlichen Bleistift, mit dem er schon beim Näherkommen Figuren in der Luft beschrieb.

Mit diesem Bleistift setzte er nun oben auf dem Stein an; der Stein war sehr hoch, er mußte sich gar nicht bücken, wohl aber mußte er sich vorbeugen, denn der Grabhügel, auf den er nicht treten wollte, trennte ihn von dem Stein. Er stand also auf den Fußspitzen und stützte sich mit der linken Hand auf die Fläche des Steines. Durch eine besonders geschickte Hantierung gelang es ihm, mit dem gewöhnlichen Bleistift Goldbuchstaben zu erzielen; er schrieb: »Hier ruht –« Jeder Buchstabe erschien rein und schön, tief geritzt und in vollkommenem Gold. Als er die zwei Worte geschrieben hatte, sah er nach K. zurück; K., der sehr begierig auf das Fortschreiten der Inschrift war, kümmerte sich kaum um den Mann, sondern blickte nur auf den Stein. Tatsächlich setzte der Mann wieder zum Weiterschreiben an, aber er konnte nicht, es bestand irgendein Hindernis, er ließ den Bleistift sinken und drehte sich wieder nach K. um. Nun sah auch K. den Künstler an und merkte, daß dieser in großer Verlegenheit war, aber die Ursache dessen nicht sagen konnte. Alle seine frühere Lebhaftigkeit war verschwunden. Auch K. geriet dadurch in Verlegenheit; sie wechselten hilflose Blicke; es lag ein häßliches Mißverständnis vor, das keiner auflösen konnte. Zur Unzeit begann nun auch eine kleine Glocke von der Grabkapelle zu läuten, aber der Künstler fuchtelte mit der erhobenen Hand und sie hörte auf. Nach einem Weilchen begann sie wieder; diesmal ganz leise und, ohne besondere Aufforderung, gleich abbrechend; es war, als wolle sie nur ihren Klang prüfen. K. war untröstlich über die Lage des Künstlers, er begann zu weinen und schluchzte lange in die vorgehaltenen Hände. Der Künstler wartete, bis K. sich beruhigt hatte, und entschloß sich dann, da er keinen andern Ausweg fand, dennoch zum Weiterschreiben. Der erste kleine Strich, den er machte, war für K. eine Erlösung, der Künstler brachte ihn aber offenbar nur mit dem äußersten Widerstreben zustande; die Schrift war auch nicht mehr so schön, vor allem schien es an Gold zu fehlen, blaß und unsicher zog sich der Strich hin, nur sehr groß wurde der Buchstabe. Es war ein J, fast war es schon beendet, da stampfte der Künstler wütend mit einem Fuß in den Grabhügel hinein, daß die Erde ringsum in die Höhe flog. Endlich verstand ihn K.; ihn abzubitten war keine Zeit mehr; mit allen Fingern grub er in die Erde, die fast keinen Widerstand leistete; alles schien vorbereitet; nur zum Schein war eine dünne Erdkruste aufgerichtet; gleich hinter ihr öffnete sich mit abschüssigen Wänden ein großes Loch, in das K., von einer sanften Strömung auf den Rükken gedreht, versank. Während er aber unten, den Kopf im Genick noch aufgerichtet, schon von der undurchdringlichen Tiefe aufgenommen wurde, jagte oben sein Name mit mächtigen Zieraten über den Stein.

Entzückt von diesem Anblick erwachte er.

Ein Bericht für eine Akademie

Hohe Herren von der Akademie!

Sie erweisen mir die Ehre, mich aufzufordern, der Akademie einen Bericht über mein äffisches Vorleben einzureichen.

In diesem Sinne kann ich leider der Aufforderung nicht nachkommen. Nahezu fünf Jahre trennen mich vom Affentum, eine Zeit, kurz vielleicht am Kalender gemessen, unendlich lang aber durchzugaloppieren, so wie ich es getan habe, streckenweise begleitet von vortrefflichen Menschen, Ratschlägen, Beifall und Orchestralmusik, aber im Grunde allein, denn alle Begleitung hielt sich, um im Bilde zu bleiben, weit vor der Barriere. Diese Leistung wäre unmöglich gewesen, wenn ich eigensinnig hätte an meinem Ursprung, an den Erinnerungen der Jugend festhalten wollen. Gerade Verzicht auf jeden Eigensinn war das oberste Gebot, das ich mir auferlegt hatte; ich, freier Affe, fügte mich diesem Joch. Dadurch verschlossen sich mir aber ihrerseits die Erinnerungen immer mehr. War mir zuerst die Rückkehr, wenn die Menschen gewollt hätten, freigestellt durch das ganze Tor, das der Himmel über der Erde bildet, wurde es gleichzeitig mit meiner vorwärts gepeitschten Entwicklung immer niedriger und enger; wohler und eingeschlossener fühlte ich mich in der Menschenwelt; der Sturm, der mir aus meiner Vergangenheit nachblies, sänftigte sich; heute ist es nur ein Luftzug, der mir die Fersen kühlt; und das Loch in der Ferne, durch das er kommt und durch das ich einstmals kam, ist so klein geworden, daß ich, wenn überhaupt die Kräfte und der Wille hinreichen würden, um bis dorthin zurückzulaufen, das Fell vom Leib mir schinden müßte, um durchzukommen. Offen gesprochen, so gerne ich auch Bilder wähle für diese Dinge, offen gesprochen: Ihr Affentum, meine Herren, soferne Sie etwas Derartiges hinter sich haben, kann Ihnen nicht ferner sein als mir das meine. An der

Ferse aber kitzelt es jeden, der hier auf Erden geht: den kleinen Schimpansen wie den großen Achilles.

In eingeschränktestem Sinn aber kann ich doch vielleicht Ihre Anfrage beantworten und ich tue es sogar mit großer Freude. Das erste, was ich lernte, war: den Handschlag geben; Handschlag bezeugt Offenheit; mag nun heute, wo ich auf dem Höhepunkte meiner Laufbahn stehe, zu jenem ersten Handschlag auch das offene Wort hinzukommen. Es wird für die Akademie nichts wesentlich Neues beibringen und weit hinter dem zurückbleiben, was man von mir verlangt hat und was ich beim besten Willen nicht sagen kann – immerhin, es soll die Richtlinie zeigen, auf welcher ein gewesener Affe in die Menschenwelt eingedrungen ist und sich dort festgesetzt hat. Doch dürfte ich selbst das Geringfügige, was folgt, gewiß nicht sagen, wenn ich meiner nicht völlig sicher wäre und meine Stellung auf allen großen Varietébühnen der zivilisierten Welt sich nicht bis zur Unerschütterlichkeit gefestigt hätte:

Ich stamme von der Goldküste. Darüber, wie ich eingefangen wurde, bin ich auf fremde Berichte angewiesen. Eine Jagdexpedition der Firma Hagenbeck – mit dem Führer habe ich übrigens seither schon manche gute Flasche Rotwein geleert – lag im Ufergebüsch auf dem Anstand, als ich am Abend inmitten eines Rudels zur Tränke lief. Man schoß; ich war der einzige, der getroffen wurde; ich bekam zwei Schüsse.

Einen in die Wange; der war leicht; hinterließ aber eine große ausrasierte rote Narbe, die mir den widerlichen, ganz und gar unzutreffenden, förmlich von einem Affen erfundenen Namen Rotpeter eingetragen hat, so als unterschiede ich mich von dem unlängst krepierten, hie und da bekannten, dressierten Affentier Peter nur durch den roten Fleck auf der Wange. Dies nebenbei.

Der zweite Schuß traf mich unterhalb der Hüfte. Er war schwer, er hat es verschuldet, daß ich noch heute ein wenig hinke. Letzthin las ich in einem Aufsatz irgendeines der zehntausend Windhunde, die sich in den Zeitungen über mich auslassen: meine Affennatur sei noch nicht ganz unterdrückt; Beweis dessen sei, daß ich, wenn Besucher kommen, mit Vorliebe die Hosen ausziehe, um die Einlaufstelle jenes Schusses zu zeigen. Dem Kerl sollte jedes Fingerchen seiner schreibenden Hand einzeln weggeknallt werden. Ich, ich darf meine Hosen ausziehen, vor wem es mir beliebt; man wird dort nichts finden als einen wohlgepflegten Pelz und die Narbe nach einem – wählen wir hier zu einem bestimmten Zwecke ein bestimmtes Wort, das aber nicht mißverstanden werden wolle – die Narbe nach einem frevelhaften Schuß. Alles liegt offen zutage; nichts ist zu verbergen; kommt es auf Wahrheit an, wirft jeder Großgesinnte die allerfeinsten Manieren ab. Würde dagegen jener Schreiber die Hosen ausziehen, wenn Besuch kommt, so hätte dies allerdings ein anderes Ansehen und ich will es als Zeichen der Vernunft gelten lassen, daß er es nicht tut. Aber dann mag er mir auch mit seinem Zartsinn vom Halse bleiben!

Nach jenen Schüssen erwachte ich – und hier beginnt allmählich meine eigene Erinnerung – in einem Käfig im Zwischendeck des Hagenbeckschen Dampfers. Es war kein vierwandiger Gitterkäfig; vielmehr waren nur drei Wände an einer Kiste festgemacht; die Kiste also bildete die vierte Wand. Das Ganze war zu niedrig zum Aufrechtstehen und zu schmal zum Niedersitzen. Ich hockte deshalb mit eingebogenen, ewig zitternden Knien, und zwar, da ich zunächst wahrscheinlich niemanden sehen und immer nur im Dunkel sein wollte, zur Kiste gewendet, während sich mir hinten die Gitterstäbe ins Fleisch einschnitten. Man hält eine solche Verwahrung wilder Tiere in der allerersten Zeit für vorteilhaft, und ich kann heute nach meiner Erfahrung nicht leugnen, daß dies im menschlichen Sinn tatsächlich der Fall ist.

Daran dachte ich aber damals nicht. Ich war zum erstenmal in meinem Leben ohne Ausweg; zumindest geradeaus ging es nicht; geradeaus vor mir war die Kiste, Brett fest an Brett gefügt. Zwar war zwischen den Brettern eine durchlaufende Lücke, die ich, als ich sie zuerst entdeckte, mit dem glückseligen Heulen des Unverstandes begrüßte, aber diese Lücke reichte bei weitem nicht einmal zum Durchstecken des Schwanzes aus und war mit aller Affenkraft nicht zu verbreitern.

Ich soll, wie man mir später sagte, ungewöhnlich wenig Lärm gemacht haben, woraus man schloß, daß ich entweder bald eingehen müsse oder daß ich, falls es mir gelingt, die erste kritische Zeit zu überleben, sehr dressurfähig sein werde. Ich überlebte diese Zeit. Dumpfes Schluchzen, schmerzhaftes Flöhesuchen, müdes Lecken einer Kokosnuß, Beklopfen der Kistenwand mit dem Schädel, Zungen-Blecken, wenn mir jemand nahekam, – das waren die ersten Beschäftigungen in dem neuen Leben. In alledem aber doch nur das eine Gefühl: kein Ausweg. Ich kann natürlich das damals affenmäßig Gefühlte heute nur mit Menschenworten nachzeichnen und verzeichne es infolgedessen, aber wenn ich auch die alte Affenwahrheit nicht mehr erreichen kann, wenigstens in der Richtung meiner Schilderung liegt sie, daran ist kein Zweifel.

Ich hatte doch so viele Auswege bisher gehabt und nun keinen mehr. Ich war festgerannt. Hätte man mich angenagelt, meine Freizügigkeit wäre dadurch nicht kleiner geworden. Warum das? Kratz dir das Fleisch zwischen den Fußzehen auf, du wirst den Grund nicht finden. Drück dich hinten gegen die Gitterstange, bis sie dich fast zweiteilt, du wirst den Grund nicht finden. Ich hatte keinen Ausweg, mußte mir ihn aber verschaffen, denn ohne ihn konnte ich nicht leben. Immer an dieser Kistenwand – ich wäre unweigerlich verreckt. Aber Affen gehören bei Hagenbeck an die Kistenwand – nun, so hörte ich auf, Affe zu sein. Ein klarer, schöner Gedankengang, den ich irgendwie mit dem Bauch ausgeheckt haben muß, denn Affen denken mit dem Bauch.

Ich habe Angst, daß man nicht genau versteht, was ich unter Ausweg verstehe. Ich gebrauche das Wort in seinem gewöhnlichsten und vollsten Sinn. Ich sage absichtlich nicht Freiheit. Ich meine nicht dieses große Gefühl der Freiheit nach allen Seiten. Als Affe kannte ich es vielleicht und ich habe Menschen kennen gelernt, die sich danach sehnen. Was mich aber anlangt, verlangte ich Freiheit weder damals noch heute. Nebenbei: mit Freiheit betrügt man sich unter Menschen allzuoft. Und so wie die Freiheit zu den erhabensten Gefühlen zählt, so auch die entsprechende Täuschung zu den erhabensten. Oft habe ich in den Varietés vor meinem Auftreten irgendein Künstlerpaar oben an der Decke an Trapezen hantieren sehen. Sie schwangen sich, sie schaukelten, sie sprangen, sie schwebten einander in die Arme, einer trug den anderen an den Haaren mit dem Gebiß. »Auch das ist Menschenfreiheit«, dachte ich, »selbstherrliche Bewegung.« Du Verspottung der heiligen Natur! Kein Bau würde standhalten vor dem Gelächter des Affentums bei diesem Anblick.

Nein, Freiheit wollte ich nicht. Nur einen Ausweg; rechts, links, wohin immer; ich stellte keine anderen Forderungen; sollte der Ausweg auch nur eine Täuschung sein; die Forderung war klein, die Täuschung würde nicht größer sein. Weiterkommen, weiterkommen! Nur nicht mit aufgehobenen Armen stillestehn, angedrückt an eine Kistenwand.

Heute sehe ich klar: ohne größte innere Ruhe hätte ich nie entkommen können. Und tatsächlich verdanke ich vielleicht alles, was ich geworden bin, der Ruhe, die mich nach den ersten Tagen dort im Schiff überkam. Die Ruhe wiederum aber verdankte ich wohl den Leuten vom Schiff.

Es sind gute Menschen, trotz allem. Gerne erinnere ich mich noch heute an den Klang ihrer schweren Schritte, der damals in meinem Halbschlaf widerhallte. Sie hatten die Gewohnheit, alles äußerst langsam in Angriff zu nehmen. Wollte sich einer die Augen reiben, so hob er die Hand wie ein Hängegewicht. Ihre Scherze waren grob, aber herzlich. Ihr Lachen war immer mit einem gefährlich klingenden aber nichts bedeutenden Husten gemischt. Immer hatten sie im Mund etwas zum Ausspeien und wohin sie ausspieen war ihnen gleichgültig. Immer klagten sie, daß meine Flöhe auf sie überspringen; aber doch waren sie mir deshalb niemals ernstlich böse; sie wußten eben, daß in meinem Fell Flöhe gedeihen und daß Flöhe Springer sind; damit fanden sie sich ab. Wenn sie dienstfrei waren, setzten sich manchmal einige im Halbkreis um mich nieder; sprachen kaum, sondern gurrten einander nur zu; rauchten, auf Kisten ausgestreckt, die Pfeife; schlugen sich aufs Knie, sobald ich die geringste Bewegung machte; und hie und da nahm einer einen Stecken und kitzelte mich dort, wo es mir angenehm war. Sollte ich heute eingeladen werden, eine Fahrt auf diesem Schiffe mitzumachen, ich würde die Einladung gewiß ablehnen, aber ebenso gewiß ist, daß es nicht nur häßliche Erinnerungen sind, denen ich dort im Zwischendeck nachhängen könnte.

Die Ruhe, die ich mir im Kreise dieser Leute erwarb, hielt mich vor allem von jedem Fluchtversuch ab. Von heute aus gesehen scheint es mir, als hätte ich zumindest geahnt, daß ich einen Ausweg finden müsse, wenn ich leben wolle, daß dieser Ausweg aber nicht durch Flucht zu erreichen sei. Ich weiß nicht mehr, ob Flucht möglich war, aber ich glaube es; einem Affen sollte Flucht immer möglich sein. Mit meinen heutigen Zähnen muß ich schon beim gewöhnlichen Nüsseknacken vorsichtig sein, damals aber hätte es mir wohl im Lauf der Zeit gelingen müssen, das Türschloß durchzubeißen. Ich tat es nicht. Was wäre damit auch gewonnen gewesen? Man hätte mich, kaum war der Kopf hinausgesteckt, wieder eingefangen und in einen noch schlimmeren Käfig gesperrt; oder ich hätte mich unbemerkt zu anderen Tieren, etwa zu den Riesenschlangen mir gegenüber flüchten können und mich in ihren Umarmungen ausgehaucht; oder es wäre mir gar gelungen, mich bis aufs Deck zu stehlen und über Bord zu springen, dann hätte ich ein Weilchen auf dem Weltmeer geschaukelt und wäre ersoffen. Verzweiflungstaten. Ich rechnete nicht so menschlich, aber unter dem Einfluß meiner Umgebung verhielt ich mich so, wie wenn ich gerechnet hätte.

Ich rechnete nicht, wohl aber beobachtete ich in aller Ruhe. Ich sah diese Menschen auf und ab gehen, immer die gleichen Gesichter, die gleichen Bewegungen, oft schien es mir, als wäre es nur einer. Dieser Mensch oder diese Menschen gingen also unbehelligt. Ein hohes Ziel dämmerte mir auf. Niemand versprach mir, daß, wenn ich so wie sie werden würde, das Gitter aufgezogen werde. Solche Versprechungen für scheinbar unmögliche Erfüllungen werden nicht gegeben. Löst man aber die Erfüllungen ein, erscheinen nachträglich auch die Versprechungen genau dort, wo man sie früher vergeblich gesucht hat. Nun war an diesen Menschen an sich nichts, was mich sehr verlockte. Wäre ich ein Anhänger jener erwähnten Freiheit, ich hätte gewiß das Weltmeer dem Ausweg vorgezogen, der sich mir im trüben Blick dieser Menschen zeigte. Jedenfalls aber beobachtete ich sie schon lange vorher, ehe ich an solche Dinge dachte, ja die angehäuften Beobachtungen drängten mich erst in die bestimmte Richtung.

Es war so leicht, die Leute nachzuahmen. Spucken konnte ich schon in den ersten Tagen. Wir spuckten einander dann gegenseitig ins Gesicht; der Unterschied war nur, daß ich mein Gesicht nachher reinleckte, sie ihres nicht. Die Pfeife rauchte ich bald wie ein Alter; drückte ich dann auch noch den Daumen in den Pfeifenkopf, jauchzte das ganze Zwischendeck; nur den Unterschied zwischen der leeren und der gestopften Pfeife verstand ich lange nicht.

Die meiste Mühe machte mir die Schnapsflasche. Der Geruch peinigte mich; ich zwang mich mit allen Kräften; aber es vergingen Wochen, ehe ich mich überwand. Diese inneren Kämpfe nahmen die Leute merkwürdigerweise ernster als irgend etwas sonst an mir. Ich unterscheide die Leute auch in meiner Erinnerung nicht, aber da war einer, der kam immer wieder, allein oder mit Kameraden, bei Tag, bei

Nacht, zu den verschiedensten Stunden; stellte sich mit der Flasche vor mich hin und gab mir Unterricht. Er begriff mich nicht, er wollte das Rätsel meines Seins lösen. Er entkorkte langsam die Flasche und blickte mich dann an, um zu prüfen, ob ich verstanden habe; ich gestehe, ich sah ihm immer mit wilder, mit überstürzter Aufmerksamkeit zu; einen solchen Menschenschüler findet kein Menschenlehrer auf dem ganzen Erdenrund; nachdem die Flasche entkorkt war, hob er sie zum Mund; ich mit meinen Blicken ihm nach bis in die Gurgel; er nickt, zufrieden mit mir, und setzt die Flasche an die Lippen; ich, entzückt von allmählicher Erkenntnis, kratze mich quietschend der Länge und Breite nach, wo es sich trifft; er freut sich, setzt die Flasche an und macht einen Schluck; ich, ungeduldig und verzweifelt, ihm nachzueifern, verunreinige mich in meinem Käfig, was wieder ihm große Genugtuung macht; und nun weit die Flasche von sich streckend und im Schwung sie wieder hinaufführend, trinkt er sie, übertrieben lehrhaft zurückgebeugt, mit einem Zuge leer. Ich, ermattet von allzugroßem Verlangen, kann nicht mehr folgen und hänge schwach am Gitter, während er den theoretischen Unterricht damit beendet, daß er sich den Bauch streicht und grinst.

Nun erst beginnt die praktische Übung. Bin ich nicht schon allzu erschöpft durch das Theoretische? Wohl, allzu erschöpft. Das gehört zu meinem Schicksal. Trotzdem greife ich, so gut ich kann, nach der hingereichten Flasche; entkorke sie zitternd; mit dem Gelingen stellen sich allmählich neue Kräfte ein; ich hebe die Flasche, vom Original schon kaum zu unterscheiden; setze sie an und – und werfe sie mit Abscheu, mit Abscheu, trotzdem sie leer ist und nur noch der Geruch sie füllt, werfe sie mit Abscheu auf den Boden. Zur Trauer meines Lehrers, zur größeren Trauer meiner selbst; weder ihn, noch mich versöhne ich dadurch, daß ich auch nach dem Wegwerfen der Flasche nicht vergesse, ausgezeichnet meinen Bauch zu streichen und dabei zu grinsen.

Allzuoft nur verlief so der Unterricht. Und zur Ehre meines Lehrers: er war mir nicht böse; wohl hielt er mir manchmal die brennende Pfeife ans Fell, bis es irgendwo, wo ich nur schwer hinreichte, zu glimmen anfing, aber dann löschte er es selbst wieder mit seiner riesigen guten Hand; er war mir nicht böse, er sah ein, daß wir auf der gleichen Seite gegen die Affennatur kämpften und daß ich den schwereren Teil hatte.

Was für ein Sieg dann allerdings für ihn wie für mich, als ich eines Abends vor großem Zuschauerkreis – vielleicht war ein Fest, ein Grammophon spielte, ein Offizier erging sich zwischen den Leuten – als ich an diesem Abend, gerade unbeachtet, eine vor meinem Käfig versehentlich stehen gelassene Schnapsflasche ergriff, unter steigender Aufmerksamkeit der Gesellschaft sie schulgerecht entkorkte, an den Mund setzte und ohne Zögern, ohne Mundverziehen, als Trinker von Fach, mit rund gewälzten Augen, schwappender Kehle, wirklich und wahrhaftig leer trank; nicht mehr als Verzweifelter, sondern als Künstler die Flasche hinwarf; zwar vergaß den Bauch zu streichen; dafür aber, weil ich nicht anders konnte, weil es mich drängte, weil mir die Sinne rauschten, kurz und gut »Hallo!« ausrief, in Menschenlaut ausbrach, mit diesem Ruf in die Menschengemeinschaft sprang und ihr Echo: »Hört nur, er spricht!« wie einen Kuß auf meinem ganzen schweißtriefenden Körper fühlte.

Ich wiederhole: es verlockte mich nicht, die Menschen nachzuahmen; ich ahmte nach, weil ich einen Ausweg suchte, aus keinem anderen Grund. Auch war mit jenem Sieg noch wenig getan. Die Stimme versagte mir sofort wieder; stellte sich erst nach Monaten ein; der Widerwille gegen die Schnapsflasche kam sogar noch verstärkter. Aber meine Richtung allerdings war mir ein für allemal gegeben.

Als ich in Hamburg dem ersten Dresseur übergeben wurde, erkannte ich bald die zwei Möglichkeiten, die mir offen standen: Zoologischer Garten oder Varieté. Ich zögerte nicht. Ich sagte mir: setze alle Kraft an, um ins Varieté zu kommen; das ist der Ausweg; Zoologischer Garten ist nur ein neuer Gitterkäfig; kommst du in ihn, bist du verloren.

Und ich lernte, meine Herren. Ach, man lernt, wenn man muß; man lernt, wenn man einen Ausweg will; man lernt rücksichtslos. Man beaufsichtigt sich selbst mit der Peitsche; man zerfleischt sich beim geringsten Widerstand. Die Affennatur raste, sich überkugelnd, aus mir hinaus und weg, so daß mein erster Lehrer selbst davon fast äffisch wurde, bald den Unterricht aufgeben und in eine Heilanstalt gebracht werden mußte. Glücklicherweise kam er wieder bald hervor.

Aber ich verbrauchte viele Lehrer, ja sogar einige Lehrer gleichzeitig. Als ich meiner Fähigkeiten schon sicherer geworden war, die Öffentlichkeit meinen Fortschritten folgte, meine Zukunft zu leuchten begann, nahm ich selbst Lehrer auf, ließ sie in fünf aufeinanderfolgenden Zimmern niedersetzen und lernte bei allen zugleich, indem ich ununterbrochen aus einem Zimmer ins andere sprang.

Diese Fortschritte! Dieses Eindringen der Wissensstrahlen von allen Seiten ins erwachende Hirn! Ich leugne nicht: es beglückte mich. Ich gestehe aber auch ein: ich überschätzte es nicht, schon damals nicht, wieviel weniger heute. Durch eine Anstrengung, die sich bisher auf der Erde nicht wiederholt hat, habe ich die Durchschnittsbildung eines Europäers erreicht. Das wäre an sich vielleicht gar nichts, ist aber insofern doch etwas, als es mir aus dem Käfig half und mir diesen besonderen Ausweg, diesen Menschenausweg verschaffte. Es gibt eine ausgezeichnete deutsche Redensart: sich in die Büsche schlagen; das habe ich getan, ich habe mich in die Büsche geschlagen. Ich hatte keinen anderen Weg, immer vorausgesetzt, daß nicht die Freiheit zu wählen war.

Überblicke ich meine Entwicklung und ihr bisheriges Ziel, so klage ich weder, noch bin ich zufrieden. Die Hände in den Hosentaschen, die Weinflasche auf dem Tisch, liege ich halb, halb sitze ich im Schaukelstuhl und schaue aus dem Fenster. Kommt Besuch, empfange ich ihn, wie es sich gebührt. Mein Impresario sitzt im Vorzimmer; läute ich, kommt er und hört, was ich zu sagen habe. Am Abend ist fast immer Vorstellung, und ich habe wohl kaum mehr zu steigernde Erfolge. Komme ich spät nachts von Banketten, aus wissenschaftlichen Gesellschaften, aus gemütlichem Beisammensein nach Hause, erwartet mich eine kleine halbdressierte Schimpansin und ich lasse es mir nach Affenart bei ihr wohlgehen. Bei Tag will ich sie nicht sehen; sie hat nämlich den Irrsinn des verwirrten dressierten Tieres im Blick; das erkenne nur ich und ich kann es nicht ertragen.

Im Ganzen habe ich jedenfalls erreicht, was ich erreichen wollte. Man sage nicht, es wäre der Mühe nicht wert gewesen. Im übrigen will ich keines Menschen Urteil, ich will nur Kenntnisse verbreiten, ich berichte nur, auch Ihnen, hohe Herren von der Akademie, habe ich nur berichtet.

Der Kübelreiter

Verbraucht alle Kohle; leer der Kübel; sinnlos die Schaufel; Kälte atmend der Ofen; das Zimmer vollgeblasen von Frost; vor dem Fenster Bäume starr im Reif; der Himmel, ein silberner Schild gegen den, der von ihm Hilfe will. Ich muß Kohle haben; ich darf doch nicht erfrieren; hinter mir der erbarmungslose Ofen, vor mir der Himmel ebenso; infolgedessen muß ich scharf zwischendurch reiten und in der Mitte beim Kohlenhändler Hilfe suchen. Gegen meine gewöhnlichen Bitten aber ist er schon abgestumpft; ich muß ihm ganz genau nachweisen, daß ich kein einziges Kohlenstäubchen mehr habe und daß er daher für mich geradezu die Sonne am Firmament bedeutet. Ich muß kommen, wie der Bettler, der röchelnd vor Hunger an der Türschwelle verenden will und dem deshalb die Herrschaftsköchin den Bodensatz des letzten Kaffees einzuflößen sich entscheidet; ebenso muß mir der Händler, wütend, aber unter dem Strahl des Gebotes »Du sollst nicht töten!« eine Schaufel voll in den Kübel schleudern.

Meine Auffahrt schon muß es entscheiden; ich reite deshalb auf dem Kübel hin. Als Kübelreiter, die Hand oben am Griff, dem einfachsten Zaumzeug, drehe ich mich beschwerlich die Treppe hinab; unten aber steigt mein Kübel auf, prächtig, prächtig; Kameele, niedrig am Boden hingelagert, steigen, sich schüttelnd unter dem Stock des Führers, nicht schöner auf. Durch die fest gefrorene Gasse geht es in ebenmäßigem Trab; oft werde ich bis zur Höhe der ersten Stockwerke gehoben; niemals sinke ich bis zur Haustüre hinab. Und außergewöhnlich hoch schwebe ich vor dem Kellergewölbe des Händlers, in dem er tief unten an seinem Tischchen kauert und schreibt; um die übergroße Hitze abzulassen, hat er die Tür geöffnet.

»Kohlenhändler!« rufe ich mit vor Kälte hohl gebrannter Stimme, in Rauchwolken des Atems gehüllt, »bitte Kohlenhändler, gib mir ein wenig Kohle. Mein Kübel ist schon so leer, daß ich auf ihm reiten kann. Sei so gut. Bis ich kann, bezahl ichs.«

Der Händler legt die Hand ans Ohr. »Hör ich recht?« fragt er über die Schulter weg seine Frau, die auf der Ofenbank strickt, »hör ich recht? Eine Kundschaft.«

»Ich höre gar nichts«, sagt die Frau, ruhig aus- und einatmend über den Stricknadeln, wohlig im Rücken gewärmt.

»O ja«, rufe ich, »ich bin es; eine alte Kundschaft; treu ergeben; nur augenblicklich mittellos.«

»Frau«, sagt der Händler, »es ist, es ist jemand; so sehr kann ich mich doch nicht täuschen; eine alte, eine sehr alte Kundschaft muß es sein, die mir so zum Herzen zu sprechen weiß.«

»Was hast du, Mann?« sagt die Frau und drückt, einen Augenblick ausruhend, die Handarbeit an die Brust, »niemand ist es; die Gasse ist leer; alle unsere Kundschaft ist versorgt; wir könnten für Tage das Geschäft sperren und ausruhn.«

»Aber ich sitze doch hier auf dem Kübel«, rufe ich und gefühllose Tränen der Kälte verschleiern mir die Augen, »bitte seht doch herauf; Ihr werdet mich gleich entdecken; um eine Schaufel voll bitte ich; und gebt Ihr zwei, macht Ihr mich überglücklich. Es ist doch schon alle übrige Kundschaft versorgt. Ach, hörte ich es doch schon in dem Kübel klappern!«

»Ich komme«, sagt der Händler und kurzbeinig will er die Kellertreppe emporsteigen, aber die Frau ist schon bei ihm, hält ihn beim Arm fest und sagt: »Du bleibst. Läßt du von deinem Eigensinn nicht ab, so gehe ich hinauf. Erinnere dich an deinen schweren Husten heute nachts. Aber für ein Geschäft und sei es auch ein eingebildetes, vergißt du Frau und Kind und opferst deine Lungen. Ich gehe.« »Dann nenn ihm aber alle Sorten, die wir auf Lager haben; die Preise rufe ich dir nach.« »Gut«, sagt die Frau und steigt zur Gasse auf. Natürlich sieht sie mich gleich.

»Frau Kohlenhändlerin«, rufe ich, »ergebenen Gruß; nur eine Schaufel Kohle; gleich hier in den Kübel; ich führe sie selbst nach Hause; eine Schaufel von der schlechtesten. Ich bezahle sie natürlich voll, aber nicht gleich, nicht gleich.« Was für ein Glockenklang sind die zwei Worte »nicht gleich« und wie sinnverwirrend mischen sie sich mit dem Abendläuten, das eben vom nahen Kirchturm zu hören ist.

»Was will er also haben?« ruft der Händler. »Nichts«, ruft die Frau zurück, »es ist ja nichts; ich sehe nichts, ich höre nichts; nur sechs Uhr läutet es und wir schließen. Ungeheuer ist die Kälte; morgen werden wir wahrscheinlich doch viel Arbeit haben.«

Sie sieht nichts und hört nichts; aber dennoch löst sie das Schürzenband und versucht mich mit der Schürze fortzuwehen. Leider gelingt es. Alle Vorzüge eines guten Reittieres hat mein Kübel; Widerstandskraft hat er nicht; zu leicht ist er; eine Frauenschürze jagt ihm die Beine vom Boden.

»Du Böse!« rufe ich noch zurück, während sie, zum Geschäft sich wendend, halb verächtlich, halb befriedigt mit der Hand in die Luft schlägt, »du Böse! Um eine Schaufel von der schlechtesten habe ich gebeten und du hast sie mir nicht gegeben.« Und damit steige ich in die Regionen der Eisgebirge und verliere mich auf Nimmerwiedersehn.

Erzählungen aus dem Nachlaß

Die Brücke

Ich war steif und kalt, ich war eine Brücke, über einem Abgrund lag ich. Diesseits waren die Fußspitzen, jenseits die Hände eingebohrt, in bröckelndem Lehm hatte ich mich festgebissen. Die Schöße meines Rockes wehten zu meinen Seiten. In der Tiefe lärmte der eisige Forellenbach. Kein Tourist verirrte sich zu dieser unwegsamen Höhe, die Brücke war in den Karten noch nicht eingezeichnet. – So lag ich und wartete; ich mußte warten. Ohne einzustürzen kann keine einmal errichtete Brücke aufhören, Brücke zu sein.

Einmal gegen Abend war es – war es der erste, war es der tausendste, ich weiß nicht, – meine Gedanken gingen immer in einem Wirrwarr und immer in der Runde. Gegen Abend im Sommer, dunkler rauschte der Bach, da hörte ich einen Mannesschritt! Zu mir, zu mir. – Strecke dich, Brücke, setze dich in Stand, geländerloser Balken, halte den dir Anvertrauten. Die Unsicherheit seines Schrittes gleiche unmerklich aus, schwankt er aber, dann gib dich zu erkennen und wie ein Berggott schleudere ihn ans Land.

Er kam, mit der Eisenspitze seines Stockes beklopfte er mich, dann hob er mit ihr meine Rockschöße und ordnete sie auf mir. In mein buschiges Haar fuhr er mit der Spitze und ließ sie, wahrscheinlich wild umherblickend, lange drin liegen. Dann aber – gerade träumte ich ihm nach über Berg und Tal – sprang er mit beiden Füßen mir mitten auf den Leib. Ich erschauerte in wildem Schmerz, gänzlich unwissend. Wer war es? Ein Kind? Ein Traum? Ein Wegelagerer? Ein Selbstmörder? Ein Versucher? Ein Vernichter? Und ich drehte mich um, ihn zu sehen. – Brücke dreht sich um! Ich war noch nicht umgedreht, da stürzte ich schon, ich stürzte, und schon war ich zerrissen und aufgespießt von den zugespitzten Kieseln, die mich immer so friedlich aus dem rasenden Wasser angestarrt hatten.

Der Jäger Gracchus

Zwei Knaben saßen auf der Quaimauer und spielten Würfel. Ein Mann las eine Zeitung auf den Stufen eines Denkmals im Schatten des säbelschwingenden Helden. Ein Mädchen am Brunnen füllte Wasser in ihre Bütte. Ein Obstverkäufer lag neben seiner Ware und blickte auf den See hinaus. In der Tiefe einer Kneipe sah man durch die leeren Tür- und Fensterlöcher zwei Männer beim Wein. Der Wirt saß vorn an einem Tisch und schlummerte. Eine Barke schwebte leise, als werde sie über dem Wasser getragen, in den kleinen Hafen. Ein Mann in blauem Kittel stieg ans Land und zog die Seile durch die Ringe. Zwei andere Männer in dunklen Röcken mit Silberknöpfen trugen hinter dem Bootsmann eine Bahre, auf der unter einem großen blumengemusterten, gefransten Seidentuch offenbar ein Mensch lag.

Auf dem Quai kümmerte sich niemand um die Ankömmlinge, selbst als sie die Bahre niederstellten, um auf den Bootsführer zu warten, der noch an den Seilen arbeitete, trat niemand heran, niemand richtete eine Frage an sie, niemand sah sie genauer an.

Der Führer wurde noch ein wenig aufgehalten durch eine Frau, die, ein Kind an der Brust, mit aufgelösten Haaren sich jetzt auf Deck zeigte. Dann kam er, wies auf ein gelbliches, zweistöckiges Haus, das sich links nahe beim Wasser geradlinig erhob, die Träger nahmen die Last auf und trugen sie durch das niedrige, aber von schlanken Säulen gebildete Tor. Ein kleiner Junge öffnete ein Fenster, bemerkte noch gerade, wie der Trupp im Haus verschwand, und schloß wieder eilig das Fenster. Auch das Tor wurde nun geschlossen, es war aus schwarzem Eichenholz sorgfältig gefügt. Ein Taubenschwarm, der bisher den Glockenturm umflogen hatte, ließ sich jetzt vor dem Hause nieder. Als werde im Hause ihre Nahrung aufbewahrt, sammelten sich die Tauben vor dem Tor. Eine flog bis zum ersten Stock auf und pickte an die Fensterscheibe. Es waren hellfarbige wohlgepflegte, lebhafte Tiere. In großem Schwung warf ihnen die Frau aus der Barke Körner hin, die sammelten sie auf und flogen dann zu der Frau hinüber.

Ein Mann im Zylinderhut mit Trauerband kam eines der schmalen, stark abfallenden Gäßchen, die zum Hafen führten, herab. Er blickte aufmerksam umher, alles bekümmerte ihn, der Anblick von Unrat in einem Winkel ließ ihn das Gesicht verzerren. Auf den Stufen des Denkmals lagen Obstschalen, er schob sie im Vorbeigehen mit seinem Stock hinunter. An der Stubentür klopfte er an, gleichzeitig nahm er den Zylinderhut in seine schwarzbehandschuhte Rechte. Gleich wurde geöffnet, wohl fünfzig kleine Knaben bildeten ein Spalier im langen Flurgang und verbeugten sich.

Der Bootsführer kam die Treppe herab, begrüßte den Herrn, führte ihn hinauf, im ersten Stockwerk umging er mit ihm den von leicht gebauten, zierlichen Loggien umgebenen Hof und beide traten, während die Knaben in respektvoller Entfernung nachdrängten, in einen kühlen, großen Raum an der Hinterseite des Hauses, dem gegenüber kein Haus mehr, sondern nur eine kahle, grauschwarze Felsenwand zu sehen war. Die Träger waren damit beschäftigt, zu Häupten der Bahre einige lange Kerzen aufzustellen und anzuzünden, aber Licht entstand dadurch nicht, es wurden förmlich nur die früher ruhenden Schatten aufgescheucht und flackerten über die Wände. Von der Bahre war das Tuch zurückgeschlagen. Es lag dort ein Mann mit wild durcheinandergewachsenem Haar und Bart, gebräunter Haut, etwa einem Jäger gleichend. Er lag bewegungslos, scheinbar atemlos mit geschlossenen Augen da, trotzdem deutete nur die Umgebung an, daß es vielleicht ein Toter war.

Der Herr trat zur Bahre, legte eine Hand dem Daliegenden auf die Stirn, kniete dann nieder und betete. Der Bootsführer winkte den Trägern, das Zimmer zu verlassen, sie gingen hinaus, vertrieben die Knaben, die sich draußen angesammelt hatten, und schlossen die Tür. Dem Herrn schien aber auch diese Stille noch nicht zu genügen, er sah den Bootsführer an, dieser verstand und ging durch eine Seitentür ins Nebenzimmer. Sofort schlug der Mann auf der Bahre die Augen auf, wandte schmerzlich lächelnd das Gesicht dem Herrn zu und sagte: »Wer bist du?« – Der Herr erhob sich ohne weiteres Staunen aus seiner knieenden Stellung und antwortete: »Der Bürgermeister von Riva.«

Der Mann auf der Bahre nickte, zeigte mit schwach ausgestrecktem Arm auf einen Sessel und sagte, nachdem der Bürgermeister seiner Einladung gefolgt war: »Ich wußte es ja, Herr Bürgermeister, aber im ersten Augenblick habe ich immer alles vergessen, alles geht mir in der Runde und es ist besser, ich frage, auch wenn ich alles weiß. Auch Sie wissen wahrscheinlich, daß ich der Jäger Gracchus bin.«

»Gewiß«, sagte der Bürgermeister. »Sie wurden mir heute in der Nacht angekündigt. Wir schliefen längst. Da rief gegen Mitternacht meine Frau: ›Salvatore‹, – so heiße ich – ›sieh die Taube am Fenster!‹ Es war wirklich eine Taube, aber groß wie ein Hahn. Sie flog zu meinem Ohr und sagte: ›Morgen kommt der tote Jäger Gracchus, empfange ihn im Namen der Stadt.‹«

Der Jäger nickte und zog die Zungenspitze zwischen den Lippen durch: »Ja, die Tauben fliegen vor mir her. Glauben Sie aber, Herr Bürgermeister, daß ich in Riva bleiben soll?«

»Das kann ich noch nicht sagen«, antwortete der Bürgermeister. »Sind Sie tot?«

»Ja«, sagte der Jäger, »wie Sie sehen. Vor vielen Jahren, es müssen aber ungemein viel Jahre sein, stürzte ich im Schwarzwald – das ist in Deutschland – von einem Felsen, als ich eine Gemse verfolgte. Seitdem bin ich tot.«

»Aber Sie leben doch auch«, sagte der Bürgermeister.

»Gewissermaßen«, sagte der Jäger, »gewissermaßen lebe ich auch. Mein Todeskahn verfehlte die Fahrt, eine falsche Drehung des Steuers, ein Augenblick der Unaufmerksamkeit des Führers, eine Ablenkung durch meine wunderschöne Heimat, ich weiß nicht, was es war, nur das weiß ich, daß ich auf der Erde blieb und daß mein Kahn seither die irdischen Gewässer befährt. So reise ich, der nur in seinen Bergen leben wollte, nach meinem Tode durch alle Länder der Erde.«

»Und Sie haben keinen Teil am Jenseits?« fragte der Bürgermeister mit gerunzelter Stirne.

»Ich bin«, antwortete der Jäger, »immer auf der großen Treppe, die hinaufführt. Auf dieser unendlich weiten Freitreppe treibe ich mich herum, bald oben, bald unten, bald rechts, bald links, immer in Bewegung. Aus dem Jäger ist ein Schmetterling geworden. Lachen Sie nicht.« »Ich lache nicht«, verwahrte sich der Bürgermeister.

»Sehr einsichtig«, sagte der Jäger. »Immer bin ich in Bewegung. Nehme ich aber den größten Aufschwung und leuchtet mir schon oben das Tor, erwache ich auf meinem alten, in irgendeinem irdischen Gewässer öde steckenden Kahn. Der Grundfehler meines einstmaligen Sterbens umgrinst mich in meiner Kajüte. Julia, die Frau des Bootsführers, klopft und bringt mir zu meiner Bahre das Morgengetränk des Landes, dessen Küste wir gerade befahren. Ich liege auf einer Holzpritsche, habe – es ist kein Vergnügen, mich zu betrachten – ein schmutziges Totenhemd an, Haar und Bart, grau und schwarz, geht unentwirrbar durcheinander, meine Beine sind mit einem großen, seidenen, blumengemusterten, langgefransten Frauentuch bedeckt. Zu meinen Häupten steht eine Kirchenkerze und leuchtet mir. An der Wand mir gegenüber ist ein kleines Bild, ein Buschmann offenbar, der mit einem Speer nach mir zielt und hinter einem großartig bemalten Schild sich möglichst deckt. Man begegnet auf Schiffen manchen dummen Darstellungen, diese ist aber eine der dümmsten. Sonst ist mein Holzkäfig ganz leer. Durch eine Luke der Seitenwand kommt die warme Luft der südlichen Nacht und ich höre das Wasser an die alte Barke schlagen.

Hier liege ich seit damals, als ich, noch lebendiger Jäger Gracchus, zu Hause im Schwarzwald eine Gemse verfolgte und abstürzte. Alles ging der Ordnung nach. Ich verfolgte, stürzte ab, verblutete in einer Schlucht, war tot und diese Barke sollte mich ins Jenseits tragen. Ich erinnere mich noch, wie fröhlich ich mich hier auf der Pritsche ausstreckte zum erstenmal. Niemals haben die Berge solchen Gesang von mir gehört wie diese vier damals noch dämmerigen Wände.

Ich hatte gern gelebt und war gern gestorben, glücklich warf ich, ehe ich den Bord betrat, das Lumpenpack der Büchse, der Tasche, des Jagdgewehrs vor mir hinunter, das ich immer stolz getragen hatte, und in das Totenhemd schlüpfte ich wie ein Mädchen ins Hochzeitskleid. Hier lag ich und wartete. Dann geschah das Unglück.«

»Ein schlimmes Schicksal«, sagte der Bürgermeister mit abwehrend erhobener Hand. »Und Sie tragen gar keine Schuld daran?«

»Keine«, sagte der Jäger, »ich war Jäger, ist das etwa eine Schuld? Aufgestellt war ich als Jäger im Schwarzwald, wo es damals noch Wölfe gab. Ich lauerte auf, schoß, traf, zog das Fell ab, ist das eine Schuld? Meine Arbeit wurde gesegnet. ›Der große Jäger vom Schwarzwald‹ hieß ich. Ist das eine Schuld?«

»Ich bin nicht berufen, das zu entscheiden«, sagte der Bürgermeister, »doch scheint auch mir keine Schuld darin zu liegen. Aber wer trägt denn Schuld?«

»Der Bootsmann«, sagte der Jäger. »Niemand wird lesen, was ich hier schreibe, niemand wird kommen, mir zu helfen; wäre als Aufgabe gesetzt mir zu helfen, so blieben alle Türen aller Häuser geschlossen, alle Fenster geschlossen, alle liegen in den Betten, die Decken über den Kopf geschlagen, eine nächtliche Herberge die ganze Erde. Das hat guten Sinn, denn niemand weiß von mir, und wüßte er von mir, so wüßte er meinen Aufenthalt nicht, und wüßte er meinen Aufenthalt, so wüßte er mich dort nicht festzuhalten, so wüßte er nicht, wie mir zu helfen. Der Gedanke, mir helfen zu wollen, ist eine Krankheit und muß im Bett geheilt werden.

Das weiß ich und schreibe also nicht, um Hilfe herbeizurufen, selbst wenn ich in Augenblicken – unbeherrscht wie ich bin, zum Beispiel gerade jetzt – sehr stark daran denke. Aber es genügt wohl zum Austreiben solcher Gedanken, wenn ich umherblicke und mir vergegenwärtige, wo ich bin und – das darf ich wohl behaupten – seit Jahrhunderten wohne.«

»Außerordentlich«, sagte der Bürgermeister, »außerordentlich. – Und nun gedenken Sie bei uns in Riva zu bleiben?«

»Ich gedenke nicht«, sagte der Jäger lächelnd und legte, um den Spott gutzumachen, die Hand auf das Knie des Bürgermeisters. »Ich bin hier, mehr weiß ich nicht, mehr kann ich nicht tun. Mein Kahn ist ohne Steuer, er fährt mit dem Wind, der in den untersten Regionen des Todes bläst.«

Beim Bau der Chinesischen Mauer

Die Chinesische Mauer ist an ihrer nördlichsten Stelle beendet worden. Von Südosten und Südwesten wurde der Bau herangeführt und hier vereinigt. Dieses System des Teilbaues wurde auch im Kleinen innerhalb der zwei großen Arbeitsheere, des Ost- und des Westheeres, befolgt. Es geschah das so, daß Gruppen von etwa zwanzig Arbeitern gebildet wurden, welche eine Teilmauer von etwa fünfhundert Metern Länge aufzuführen hatten, eine Nachbargruppe baute ihnen dann eine Mauer von gleicher Länge entgegen. Nachdem dann aber die Vereinigung vollzogen war, wurde nicht etwa der Bau am Ende dieser tausend Meter wieder fortgesetzt, vielmehr wurden die Arbeitergruppen wieder in ganz andere Gegenden zum Mauerbau verschickt. Natürlich entstanden auf diese Weise viele große Lücken, die erst nach und nach langsam ausgefüllt wurden, manche sogar erst, nachdem der Mauerbau schon als vollendet verkündigt worden war. Ja, es soll Lücken geben, die überhaupt nicht verbaut worden sind, eine Behauptung allerdings, die möglicherweise nur zu den vielen Legenden gehört, die um den Bau entstanden sind, und die, für den einzelnen Menschen wenigstens, mit eigenen Augen und eigenem Maßstab infolge der Ausdehnung des Baues unnachprüfbar sind.

Nun würde man von vornherein glauben, es wäre in jedem Sinne vorteilhafter gewesen, zusammenhängend zu bauen oder wenigstens zusammenhängend innerhalb der zwei Hauptteile. Die Mauer war doch, wie allgemein verbreitet wird und bekannt ist, zum Schutze gegen die Nordvölker gedacht. Wie kann aber eine Mauer schützen, die nicht zusammenhängend gebaut ist. Ja, eine solche Mauer kann nicht nur nicht schützen, der Bau selbst ist in fortwährender Gefahr. Diese in öder Gegend verlassen stehenden Mauerteile können immer wieder leicht von den Nomaden zerstört werden, zumal diese damals, geängstigt durch den Mauerbau, mit unbegreiflicher Schnelligkeit wie Heuschrecken ihre Wohnsitze wechselten und deshalb vielleicht einen besseren Überblick über die Baufortschritte hatten als selbst wir, die Erbauer. Trotzdem konnte der Bau wohl nicht anders ausgeführt werden, als es geschehen ist. Um das zu verstehen, muß man folgendes bedenken: Die Mauer sollte zum Schutz für die Jahrhunderte werden; sorgfältigster Bau, Benützung der Bauweisheit aller bekannten Zeiten und Völker, dauerndes Gefühl der persönlichen Verantwortung der Bauenden waren deshalb unumgängliche Voraussetzung für die Arbeit. Zu den niederen Arbeiten konnten zwar unwissende Taglöhner aus dem Volke, Männer, Frauen, Kinder, wer sich für gutes Geld anbot, verwendet werden; aber schon zur Leitung von vier Taglöhnern war ein verständiger, im Baufach gebildeter Mann nötig; ein Mann, der imstande war, bis in die Tiefe des Herzens mitzufühlen, worum es hier ging. Und je höher die Leistung, desto größer die Anforderungen. Und solche Männer standen tatsächlich zur Verfügung, wenn auch nicht in jener Menge, wie sie dieser Bau hätte verbrauchen können, so doch in großer Zahl.

Man war nicht leichtsinnig an das Werk herangegangen. Fünfzig Jahre vor Beginn des Baues hatte man im ganzen China, das ummauert werden sollte, die Baukunst, insbesondere das Maurerhandwerk, zur wichtigsten Wissenschaft erklärt und alles andere nur anerkannt, soweit es damit in Beziehung stand. Ich erinnere mich noch sehr wohl, wie wir als kleine Kinder, kaum unserer Beine sicher, im Gärtchen unseres Lehrers standen, aus Kieselsteinen eine Art Mauer bauen mußten, wie der Lehrer den Rock schürzte, gegen die Mauer rannte, natürlich alles zusammenwarf, und uns wegen der Schwäche unseres Baues solche Vorwürfe machte, daß wir heulend uns nach allen Seiten zu unseren Eltern verliefen. Ein winziger Vorfall, aber bezeichnend für den Geist der Zeit.

Ich hatte das Glück, daß, als ich mit zwanzig Jahren die oberste Prüfung der untersten Schule abgelegt hatte, der Bau der Mauer gerade begann. Ich sage Glück, denn viele, die früher die oberste Höhe der ihnen zugänglichen Ausbildung erreicht hatten, wußten jahrelang mit ihrem Wissen nichts anzufangen, trieben sich, im Kopf die großartigsten Baupläne, nutzlos herum und verlotterten in Mengen. Aber diejenigen, die endlich als Bauführer, sei es auch untersten Ranges, zum Bau kamen, waren dessen tatsächlich würdig. Es waren Maurer, die viel über den Bau nachgedacht hatten und nicht aufhörten, darüber nachzudenken, die sich mit dem ersten Stein, den sie in den Boden einsenken ließen, dem Bau verwachsen fühlten. Solche Maurer trieb aber natürlich, neben der Begierde, gründlichste Arbeit zu leisten, auch die Ungeduld, den Bau in seiner Vollkommenheit endlich erstehen zu sehen. Der Taglöhner kennt diese Ungeduld nicht, den treibt nur der Lohn, auch die oberen Führer, ja selbst die mittleren Führer sehen von dem vielseitigen Wachsen des Baues genug, um sich im Geiste dadurch kräftig zu halten. Aber für die unteren, geistig weit über ihrer äußerlich kleinen Aufgabe stehenden Männer, mußte anders vorgesorgt werden. Man konnte sie nicht zum Beispiel in einer unbewohnten Gebirgsgegend, hunderte Meilen von ihrer Heimat, Monate oder gar Jahre lang Mauerstein an Mauerstein fügen lassen; die Hoffnungslosigkeit solcher fleißigen, aber selbst in einem langen Menschenleben nicht zum Ziel führenden Arbeit hätte sie verzweifelt und vor allem wertloser für die Arbeit gemacht. Deshalb wählte man das System des Teilbaues. Fünfhundert Meter konnten etwa in fünf Jahren fertiggestellt werden, dann waren freilich die Führer in der Regel zu erschöpft, hatten alles Vertrauen zu sich, zum Bau, zur Welt verloren. Drum wurden sie dann, während sie noch im Hochgefühl des Vereinigungsfestes der tausend Meter Mauer standen, weit, weit verschickt, sahen auf der Reise hier und da fertige Mauerteile ragen, kamen an Quartieren höherer Führer vorüber, die sie mit Ehrenzeichen beschenkten, hörten den Jubel neuer Arbeitsheere, die aus der Tiefe der Länder herbeiströmten, sahen Wälder niederlegen, die zum Mauergerüst bestimmt waren, sahen Berge in Mauersteine zerhämmern, hörten auf den heiligen Stätten Gesänge der Frommen Vollendung des Baues erflehen. Alles dieses besänftigte ihre Ungeduld. Das ruhige Leben der Heimat, in der sie einige Zeit verbrachten, kräftigte sie, das Ansehen, in dem alle Bauenden standen, die gläubige Demut, mit der ihre Berichte angehört wurden, das Vertrauen, das der einfache, stille Bürger in die einstige Vollendung der Mauer setzte, alles dies spannte die Saiten der Seele. Wie ewig hoffende Kinder nahmen sie dann von der Heimat Abschied, die Lust, wieder am Volkswerk zu arbeiten, wurde unbezwinglich. Sie reisten früher von Hause fort, als es nötig gewesen wäre, das halbe Dorf begleitete sie lange Strecken weit. Auf allen Wegen Gruppen, Wimpel, Fahnen, niemals hatten sie gesehen, wie groß und reich und schön und liebenswert ihr Land war. Jeder Landmann war ein Bruder, für den man eine Schutzmauer baute, und der mit allem, was er hatte und war, sein Leben lang dafür dankte. Einheit! Einheit! Brust an Brust, ein Reigen des Volkes, Blut, nicht mehr eingesperrt im kärglichen Kreislauf des Körpers, sondern süß rollend und doch wiederkehrend durch das unendliche China.

Dadurch also wird das System des Teilbaues verständlich; aber es hatte doch wohl noch andere Gründe. Es ist auch keine Sonderbarkeit, daß ich mich bei dieser Frage so lange aufhalte, es ist eine Kernfrage des ganzen Mauerbaues, so unwesentlich sie zunächst scheint. Will ich den Gedanken und die Erlebnisse jener Zeit vermitteln und begreiflich machen, kann ich gerade dieser Frage nicht tief genug nachbohren.

Zunächst muß man sich doch wohl sagen, daß damals Leistungen vollbracht worden sind, die wenig hinter dem Turmbau von Babel zurückstehen, an Gottgefälligkeit allerdings, wenigstens nach menschlicher Rechnung, geradezu das Gegenteil jenes Baues darstellen. Ich erwähne dies, weil in den Anfangszeiten des Baues ein Gelehrter ein Buch geschrieben hat, in welchem er diese Vergleiche sehr genau zog. Er suchte darin zu beweisen, daß der Turmbau zu Babel keineswegs aus den allgemein behaupteten Ursachen nicht zum Ziele geführt hat, oder daß wenigstens unter diesen bekannten Ursachen sich nicht die allerersten befinden. Seine Beweise bestanden nicht nur aus Schriften und Berichten, sondern er wollte auch am Orte selbst Untersuchungen angestellt und dabei gefunden haben, daß der Bau an der Schwäche des Fundamentes scheiterte und scheitern mußte. In dieser Hinsicht allerdings war unsere Zeit jener längst vergangenen weit überlegen. Fast jeder gebildete Zeitgenosse war Maurer vom Fach und in der Frage der Fundamentierung untrüglich. Dahin zielte aber der Gelehrte gar nicht, sondern er behauptete, erst die große Mauer werde zum erstenmal in der Menschenzeit ein sicheres Fundament für einen neuen Babelturm schaffen. Also zuerst die Mauer und dann der Turm. Das Buch war damals in aller Hände, aber ich gestehe ein, daß ich noch heute nicht genau begreife, wie er sich diesen Turmbau dachte. Die Mauer, die doch nicht einmal einen Kreis, sondern nur eine Art Viertel- oder Halbkreis bildete, sollte das Fundament eines Turmes abgeben? Das konnte doch nur in geistiger Hinsicht gemeint sein. Aber wozu dann die Mauer, die doch etwas Tatsächliches war, Ergebnis der Mühe und des Lebens von Hunderttausenden? Und wozu waren in dem Werk Pläne, allerdings nebelhafte Pläne, des Turmes gezeichnet und Vorschläge bis ins einzelne gemacht, wie man die Volkskraft in dem kräftigen neuen Werk zusammenfassen solle?

Es gab – dieses Buch ist nur ein Beispiel – viel Verwirrung der Köpfe damals, vielleicht gerade deshalb, weil sich so viele möglichst auf einen Zweck hin zu sammeln suchten. Das menschliche Wesen, leichtfertig in seinem Grund, von der Natur des auffliegenden Staubes, verträgt keine Fesselung; fesselt es sich selbst, wird es bald wahnsinnig an den Fesseln zu rütteln anfangen und Mauer, Kette und sich selbst in alle Himmelsrichtungen zerreißen.

Es ist möglich, daß auch diese, dem Mauerbau sogar gegensätzlichen Erwägungen von der Führung bei der Festsetzung des Teilbaues nicht unberücksichtigt geblieben sind. Wir – ich rede hier wohl im Namen vieler – haben eigentlich erst im Nachbuchstabieren der Anordnungen der obersten Führerschaft uns selbst kennengelernt und gefunden, daß ohne die Führerschaft weder unsere Schulweisheit noch unser Menschenverstand für das kleine Amt, das wir innerhalb des großen Ganzen hatten, ausgereicht hätte. In der Stube der Führerschaft – wo sie war und wer dort saß, weiß und wußte niemand, den ich fragte – in dieser Stube kreisten wohl alle menschlichen Gedanken und Wünsche und in Gegenkreisen alle menschlichen Ziele und Erfüllungen. Durch das Fenster aber fiel der Abglanz der göttlichen Welten auf die Pläne zeichnenden Hände der Führerschaft.

Und deshalb will es dem unbestechlichen Betrachter

nicht eingehen, daß die Führerschaft, wenn sie es ernstlich gewollt hätte, nicht auch jene Schwierigkeiten hätte überwinden können, die einem zusammenhängenden Mauerbau entgegenstanden. Bleibt also nur die Folgerung, daß die Führerschaft den Teilbau beabsichtigte. Aber der Teilbau war nur ein Notbehelf und unzweckmäßig. Bleibt die Folgerung, daß die Führerschaft etwas Unzweckmäßiges wollte. – Sonderbare Folgerung! – Gewiß, und doch hat sie auch von anderer Seite manche Berechtigung für sich. Heute kann davon vielleicht ohne Gefahr gesprochen werden. Damals war es geheimer Grundsatz Vieler, und sogar der Besten: Suche mit allen deinen Kräften die Anordnungen der Führerschaft zu verstehen, aber nur bis zu einer bestimmten Grenze, dann höre mit dem Nachdenken auf. Ein sehr vernünftiger Grundsatz, der übrigens noch eine weitere Auslegung in einem später oft wiederholten Vergleich fand: Nicht weil es dir schaden könnte, höre mit dem weiteren Nachdenken auf, es ist auch gar nicht sicher, daß es dir schaden wird. Man kann hier überhaupt weder von Schaden noch Nichtschaden sprechen. Es wird dir geschehen wie dem Fluß im Frühjahr. Er steigt, wird mächtiger, nährt kräftiger das Land an seinen langen Ufern, behält sein eignes Wesen weiter ins Meer hinein und wird dem Meere ebenbürtiger und willkommener. – So weit denke den Anordnungen der Führerschaft nach. – Dann aber übersteigt der Fluß seine Ufer, verliert Umrisse und Gestalt, verlangsamt seinen Abwärtslauf, versucht gegen seine Bestimmung kleine Meere ins Binnenland zu bilden, schädigt die Fluren, und kann sich doch für die Dauer in dieser Ausbreitung nicht halten, sondern rinnt wieder in seine Ufer zusammen, ja trocknet sogar in der folgenden heißen Jahreszeit kläglich aus. – So weit denke den Anordnungen der Führerschaft nicht nach.

Nun mag dieser Vergleich während des Mauerbaues außerordentlich treffend gewesen sein, für meinen jetzigen Bericht hat er doch zum mindesten nur beschränkte Geltung. Meine Untersuchung ist doch nur eine historische; aus den längst verflogenen Gewitterwolken zuckt kein Blitz mehr, und ich darf deshalb nach einer Erklärung des Teilbaues suchen, die weitergeht als das, womit man sich damals begnügte. Die Grenzen, die meine Denkfähigkeit mir setzt, sind ja eng genug, das Gebiet aber, das hier zu durchlaufen wäre, ist das Endlose.

Gegen wen sollte die große Mauer schützen? Gegen die Nordvölker. Ich stamme aus dem südöstlichen China. Kein Nordvolk kann uns dort bedrohen. Wir lesen von ihnen in den Büchern der Alten, die Grausamkeiten, die sie ihrer Natur gemäß begehen, machen uns aufseufzen in unserer friedlichen Laube. Auf den wahrheitsgetreuen Bildern der Künstler sehen wir diese Gesichter der Verdammnis, die aufgerissenen Mäuler, die mit hoch zugespitzten Zähnen besteckten Kiefer, die verkniffenen Augen, die schon nach dem Raub zu schielen scheinen, den das Maul zermalmen und zerreißen wird. Sind die Kinder böse, halten wir ihnen diese Bilder hin und schon fliegen sie weinend an unsern Hals. Aber mehr wissen wir von diesen Nordländern nicht. Gesehen haben wir sie nicht, und bleiben wir in unserem Dorf, werden wir sie niemals sehen, selbst wenn sie auf ihren wilden Pferden geradeaus zu uns hetzen und jagen, – zu groß ist das Land und läßt sie nicht zu uns, in die leere Luft werden sie sich verrennen.

Warum also, da es sich so verhält, verlassen wir die Heimat, den Fluß und die Brücken, die Mutter und den Vater, das weinende Weib, die lehrbedürftigen Kinder und ziehen weg zur Schule nach der fernen Stadt und unsere Gedanken sind noch weiter bei der Mauer im Norden? Warum? Frage die Führerschaft. Sie kennt uns. Sie, die ungeheure Sorgen wälzt, weiß von uns, kennt unser kleines Gewerbe, sieht uns alle zusammensitzen in der niedrigen Hütte und das Gebet, das der Hausvater am Abend im Kreise der Seinigen sagt, ist ihr wohlgefällig, oder mißfällt ihr. Und wenn ich mir einen solchen Gedanken über die Führerschaft erlauben darf, so muß ich sagen, meiner Meinung nach bestand die

Führerschaft schon früher, kam nicht zusammen, wie etwa hohe Mandarinen, durch einen schönen Morgentraum angeregt, eiligst eine Sitzung einberufen, eiligst beschließen, und schon am Abend die Bevölkerung aus den Betten trommeln lassen, um die Beschlüsse auszuführen, sei es auch nur um eine Illumination zu Ehren eines Gottes zu veranstalten, der sich gestern den Herren günstig gezeigt hat, um sie morgen, kaum sind die Lampions verlöscht, in einem dunkeln Winkel zu verprügeln. Vielmehr bestand die Führerschaft wohl seit jeher und der Beschluß des Mauerbaues gleichfalls. Unschuldige Nordvölker, die glaubten, ihn verursacht zu haben, verehrungswürdiger, unschuldiger Kaiser, der glaubte, er hätte ihn angeordnet. Wir vom Mauerbau wissen es anders und schweigen.

Ich habe mich, schon damals während des Mauerbaues und nachher bis heute, fast ausschließlich mit vergleichender Völkergeschichte beschäftigt – es gibt bestimmte Fragen, denen man nur mit diesem Mittel gewissermaßen an den Nerv herankommt – und ich habe dabei gefunden, daß wir Chinesen gewisse volkliche und staatliche Einrichtungen in einzigartiger Klarheit, andere wieder in einzigartiger Unklarheit besitzen. Den Gründen, insbesondere der letzten Erscheinung, nachzuspüren, hat mich immer gereizt, reizt mich noch immer, und auch der Mauerbau ist von diesen Fragen wesentlich betroffen.

Nun gehört zu unseren allerundeutlichsten Einrichtungen jedenfalls das Kaisertum. In Peking natürlich, gar in der Hofgesellschaft, besteht darüber einige Klarheit, wiewohl auch diese eher scheinbar als wirklich ist. Auch die Lehrer des Staatsrechtes und der Geschichte an den hohen Schulen geben vor, über diese Dinge genau unterrichtet zu sein und diese Kenntnis den Studenten weitervermitteln zu können. Je tiefer man zu den unteren Schulen herabsteigt, desto mehr schwinden begreiflicherweise die Zweifel am eigenen Wissen, und Halbbildung wogt bergehoch um wenige seit Jahrhunderten eingerammte Lehrsätze, die zwar nichts an ewiger Wahrheit verloren haben, aber in diesem Dunst und Nebel auch ewig unerkannt bleiben.

Gerade über das Kaisertum aber sollte man meiner Meinung nach das Volk befragen, da doch das Kaisertum seine letzten Stützen dort hat. Hier kann ich allerdings wieder nur von meiner Heimat sprechen. Außer den Feldgottheiten und ihrem das ganze Jahr so abwechslungsreich und schön erfüllenden Dienst gilt unser Denken nur dem Kaiser. Aber nicht dem gegenwärtigen; oder vielmehr es hätte dem gegenwärtigen gegolten, wenn wir ihn gekannt, oder Bestimmtes von ihm gewußt hätten. Wir waren freilich – die einzige Neugierde, die uns erfüllte – immer bestrebt, irgend etwas von der Art zu erfahren, aber so merkwürdig es klingt, es war kaum möglich, etwas zu erfahren, nicht vom Pilger, der doch viel Land durchzieht, nicht in den nahen, nicht in den fernen Dörfern, nicht von den Schiffern, die doch nicht nur unsere Flüßchen, sondern auch die heiligen Ströme befahren. Man hörte zwar viel, konnte aber dem Vielen nichts entnehmen.

So groß ist unser Land, kein Märchen reicht an seine Größe, kaum der Himmel umspannt es – und Peking ist nur ein Punkt und das kaiserliche Schloß nur ein Pünktchen. Der Kaiser als solcher allerdings wiederum groß durch alle Stockwerke der Welt. Der lebendige Kaiser aber, ein Mensch wie wir, liegt ähnlich wie wir auf einem Ruhebett, das zwar reichlich bemessen, aber doch möglicherweise nur schmal und kurz ist. Wie wir streckt er manchmal die Glieder, und ist er sehr müde, gähnt er mit seinem zartgezeichneten Mund. Wie aber sollten wir davon erfahren – tausende Meilen im Süden –, grenzen wir doch schon fast ans tibetanische Hochland. Außerdem aber käme jede Nachricht, selbst wenn sie uns erreichte, viel zu spät, wäre längst veraltet. Um den Kaiser drängt sich die glänzende und doch dunkle Menge des Hofstaates – Bosheit und Feindschaft im Kleid der Diener und Freunde –, das Gegengewicht des Kaisertums, immer bemüht, mit vergifteten

Pfeilen den Kaiser von seiner Wagschale abzuschießen. Das Kaisertum ist unsterblich, aber der einzelne Kaiser fällt und stürzt ab, selbst ganze Dynastien sinken endlich nieder und veratmen durch ein einziges Röcheln. Von diesen Kämpfen und Leiden wird das Volk nie erfahren, wie Zu-spät-gekommene, wie Stadtfremde stehen sie am Ende der dichtgedrängten Seitengassen, ruhig zehrend vom mitgebrachten Vorrat, während auf dem Marktplatz in der Mitte weit vorn die Hinrichtung ihres Herrn vor sich geht.

Es gibt eine Sage, die dieses Verhältnis gut ausdrückt. Der Kaiser, so heißt es, hat Dir, dem Einzelnen, dem jämmerlichen Untertanen, dem winzig vor der kaiserlichen Sonne in die fernste Ferne geflüchteten Schatten, gerade Dir hat der Kaiser von seinem Sterbebett aus eine Botschaft gesendet. Den Boten hat er beim Bett niederknien lassen und ihm die Botschaft zugeflüstert; so sehr war ihm an ihr gelegen, daß er sich sie noch ins Ohr wiedersagen ließ. Durch Kopfnikken hat er die Richtigkeit des Gesagten bestätigt. Und vor der ganzen Zuschauerschaft seines Todes – alle hindernden Wände werden niedergebrochen und auf den weit und hoch sich schwingenden Freitreppen stehen im Ring die Großen des Reiches – vor allen diesen hat er den Boten abgefertigt. Der Bote hat sich gleich auf den Weg gemacht; ein kräftiger, ein unermüdlicher Mann; einmal diesen, einmal den andern Arm vorstreckend, schafft er sich Bahn durch die Menge; findet er Widerstand, zeigt er auf die Brust, wo das Zeichen der Sonne ist; er kommt auch leicht vorwärts wie kein anderer. Aber die Menge ist so groß; ihre Wohnstätten nehmen kein Ende. Öffnete sich freies Feld, wie würde er fliegen und bald wohl hörtest Du das herrliche Schlagen seiner Fäuste an Deiner Tür. Aber statt dessen, wie nutzlos müht er sich ab; immer noch zwängt er sich durch die Gemächer des innersten Palastes; niemals wird er sie überwinden; und gelänge ihm dies, nichts wäre gewonnen; die Treppen hinab müßte er sich kämpfen; und gelänge ihm dies, nichts wäre gewonnen; die Höfe wären zu durchmessen; und nach den

Höfen der zweite umschließende Palast; und wieder Treppen und Höfe; und wieder ein Palast; und so weiter durch Jahrtausende; und stürzte er endlich aus dem äußersten Tor – aber niemals, niemals kann es geschehen –, liegt erst die Residenzstadt vor ihm, die Mitte der Welt, hochgeschüttet voll ihres Bodensatzes. Niemand dringt hier durch und gar mit der Botschaft eines Toten. – Du aber sitzt an Deinem Fenster und erträumst sie Dir, wenn der Abend kommt.

Genau so, so hoffnungslos und hoffnungsvoll, sieht unser Volk den Kaiser. Es weiß nicht, welcher Kaiser regiert, und selbst über den Namen der Dynastie bestehen Zweifel. In der Schule wird vieles dergleichen der Reihe nach gelernt, aber die allgemeine Unsicherheit in dieser Hinsicht ist so groß, daß auch der beste Schüler mit in sie gezogen wird. Längst verstorbene Kaiser werden in unseren Dörfern auf den Thron gesetzt, und der nur noch im Liede lebt, hat vor kurzem eine Bekanntmachung erlassen, die der Priester vor dem Altare verliest. Schlachten unserer ältesten Geschichte werden jetzt erst geschlagen und mit glühendem Gesicht fällt der Nachbar mit der Nachricht dir ins Haus. Die kaiserlichen Frauen, überfüttert in den seidenen Kissen, von schlauen Höflingen der edlen Sitte entfremdet, anschwellend in Herrschsucht, auffahrend in Gier, ausgebreitet in Wollust, verüben ihre Untaten immer wieder von neuem. Je mehr Zeit schon vergangen ist, desto schrecklicher leuchten alle Farben, und mit lautem Wehgeschrei erfährt einmal das Dorf, wie eine Kaiserin vor Jahrtausenden in langen Zügen ihres Mannes Blut trank.

So verfährt also das Volk mit den vergangenen, die gegenwärtigen Herrscher aber mischt es unter die Toten. Kommt einmal, einmal in einem Menschenalter, ein kaiserlicher Beamter, der die Provinz bereist, zufällig in unser Dorf, stellt im Namen der Regierenden irgendwelche Forderungen, prüft die Steuerlisten, wohnt dem Schulunterricht bei, befragt den Priester über unser Tun und Treiben, und faßt dann alles, ehe er in seine Sänfte steigt, in langen Ermahnungen an die herbeigetriebene Gemeinde zusammen, dann geht ein Lächeln über alle Gesichter, einer blickt verstohlen zum andern und beugt sich zu den Kindern hinab, um sich vom Beamten nicht beobachten zu lassen. Wie, denkt man, er spricht von einem Toten wie von einem Lebendigen, dieser Kaiser ist doch schon längst gestorben, die Dynastie ausgelöscht, der Herr Beamte macht sich über uns lustig, aber wir tun so, als ob wir es nicht merkten, um ihn nicht zu kränken. Ernstlich gehorchen aber werden wir nur unserem gegenwärtigen Herrn, denn alles andere wäre Versündigung. Und hinter der davoneilenden Sänfte des Beamten steigt irgendein willkürlich aus schon zerfallener Urne Gehobener aufstampfend als Herr des Dorfes auf.

Ähnlich werden die Leute bei uns von staatlichen Umwälzungen, von zeitgenössischen Kriegen in der Regel wenig betroffen. Ich erinnere mich hier an einen Vorfall aus meiner Jugend. In einer benachbarten, aber immerhin sehr weit entfernten Provinz war ein Aufstand ausgebrochen. Die Ursachen sind mir nicht mehr erinnerlich, sie sind hier auch nicht wichtig, Ursachen für Aufstände ergeben sich dort mit jedem neuen Morgen, es ist ein aufgeregtes Volk. Und nun wurde einmal ein Flugblatt der Aufständischen durch einen Bettler, der jene Provinz durchreist hatte, in das Haus meines Vaters gebracht. Es war gerade ein Feiertag, Gäste füllten unsere Stuben, in der Mitte saß der Priester und studierte das Blatt. Plötzlich fing alles zu lachen an, das Blatt wurde im Gedränge zerrissen, der Bettler, der allerdings schon reichlich beschenkt worden war, wurde mit Stößen aus dem Zimmer gejagt, alles zerstreute sich und lief in den schönen Tag. Warum? Der Dialekt der Nachbarprovinz ist von dem unseren wesentlich verschieden, und dies drückt sich auch in gewissen Formen der Schriftsprache aus, die für uns einen altertümlichen Charakter haben. Kaum hatte nun der Priester zwei derartige Seiten gelesen, war man schon entschieden. Alte Dinge, längst gehört, längst verschmerzt. Und obwohl – so scheint es mir in der Erinnerung – aus dem Bettler das grauenhafte Leben unwiderleglich sprach, schüttelte man lachend den Kopf und wollte nichts mehr hören. So bereit ist man bei uns, die Gegenwart auszulöschen.

Wenn man aus solchen Erscheinungen folgern wollte, daß wir im Grunde gar keinen Kaiser haben, wäre man von der Wahrheit nicht weit entfernt. Immer wieder muß ich sagen: Es gibt vielleicht kein kaisertreueres Volk als das unsrige im Süden, aber die Treue kommt dem Kaiser nicht zugute. Zwar steht auf der kleinen Säule am Dorfausgang der heilige Drache und bläst huldigend seit Menschengedenken den feurigen Atem genau in die Richtung von Peking – aber Peking selbst ist den Leuten im Dorf viel fremder als das jenseitige Leben. Sollte es wirklich ein Dorf geben, wo Haus an Haus steht, Felder bedeckend, weiter als der Blick von unserem Hügel reicht und zwischen diesen Häusern stünden bei Tag und bei Nacht Menschen Kopf an Kopf? Leichter als eine solche Stadt sich vorzustellen ist es uns, zu glauben, Peking und sein Kaiser wäre eines, etwa eine Wolke, ruhig unter der Sonne sich wandelnd im Laufe der Zeiten.

Die Folge solcher Meinungen ist nun ein gewissermaßen freies, unbeherrschtes Leben. Keineswegs sittenlos, ich habe solche Sittenreinheit, wie in meiner Heimat, kaum jemals angetroffen auf meinen Reisen. – Aber doch ein Leben, das unter keinem gegenwärtigen Gesetze steht und nur der Weisung und Warnung gehorcht, die aus alten Zeiten zu uns herüberreicht.

Ich hüte mich vor Verallgemeinerungen und behaupte nicht, daß es sich in allen zehntausend Dörfern unserer Provinz so verhält oder gar in allen fünfhundert Provinzen Chinas. Wohl aber darf ich vielleicht auf Grund der vielen Schriften, die ich über diesen Gegenstand gelesen habe, sowie auf Grund meiner eigenen Beobachtungen – besonders bei dem Mauerbau gab das Menschenmaterial dem Fühlenden Gelegenheit, durch die Seelen fast aller Provinzen zu reisen – auf Grund alles dessen darf ich vielleicht sagen, daß die Auffasung, die hinsichtlich des Kaisers herrscht, immer wieder und überall einen gewissen und gemeinsamen Grundzug mit der Auffassung in meiner Heimat zeigt. Die Auffassung will ich nun durchaus nicht als eine Tugend gelten lassen, im Gegenteil. Zwar ist sie in der Hauptsache von der Regierung verschuldet, die im ältesten Reich der Erde bis heute nicht imstande war oder dies über anderem vernachlässigte, die Institution des Kaisertums zu solcher Klarheit auszubilden, daß sie bis an die fernsten Grenzen des Reiches unmittelbar und unablässig wirke. Andererseits aber liegt doch auch darin eine Schwäche der Vorstellungs- oder Glaubenskraft beim Volke, welches nicht dazu gelangt, das Kaisertum aus der Pekinger Versunkenheit in aller Lebendigkeit und Gegenwärtigkeit an seine Untertanenbrust zu ziehen, die doch nichts besseres will, als einmal diese Berührung zu fühlen und an ihr zu vergehen.

Eine Tugend ist also diese Auffassung wohl nicht. Um so auffälliger ist es, daß gerade diese Schwäche eines der wichtigsten Einigungsmittel unseres Volkes zu sein scheint; ja, wenn man sich im Ausdruck soweit vorwagen darf, geradezu der Boden, auf dem wir leben. Hier einen Tadel ausführlich begründen, heißt nicht an unserem Gewissen, sondern, was viel ärger ist, an unseren Beinen rütteln. Und darum will ich in der Untersuchung dieser Frage vorderhand nicht weiter gehen.

Der Schlag ans Hoftor

Es war im Sommer, ein heißer Tag. Ich kam auf dem Nachhauseweg mit meiner Schwester an einem Hoftor vorüber. Ich weiß nicht, schlug sie aus Mutwillen ans Tor oder aus Zerstreutheit oder drohte sie nur mit der Faust und schlug gar nicht. Hundert Schritte weiter an der nach links sich wendenden Landstraße begann das Dorf. Wir kannten es nicht, aber gleich nach dem ersten Haus kamen Leute hervor und winkten uns, freundschaftlich oder warnend, selbst erschrocken, gebückt vor Schrecken. Sie zeigten nach dem Hof, an dem wir vorübergekommen waren, und erinnerten uns an den Schlag ans Tor. Die Hofbesitzer werden uns verklagen, gleich werde die Untersuchung beginnen. Ich war sehr ruhig und beruhigte auch meine Schwester. Sie hatte den Schlag wahrscheinlich gar nicht getan, und hätte sie ihn getan, so wird deswegen nirgends auf der Welt ein Beweis geführt. Ich suchte das auch den Leuten um uns begreiflich zu machen, sie hörten mich an, enthielten sich aber eines Urteils. Später sagten sie, nicht nur meine Schwester, auch ich als Bruder werde angeklagt werden. Ich nickte lächelnd. Alle blickten wir zum Hofe zurück, wie man eine ferne Rauchwolke beobachtet und auf die Flamme wartet. Und wirklich, bald sahen wir Reiter ins weit offene Hoftor einreiten. Staub erhob sich, verhüllte alles, nur die Spitzen der hohen Lanzen blinkten. Und kaum war die Truppe im Hof verschwunden, schien sie gleich die Pferde gewendet zu haben und war auf dem Wege zu uns. Ich drängte meine Schwester fort, ich werde alles allein ins reine bringen. Sie weigerte sich, mich allein zu lassen. Ich sagte, sie solle sich aber wenigstens umkleiden, um in einem besseren Kleid vor die Herren zu treten. Endlich folgte sie und machte sich auf den langen Weg nach Hause. Schon waren die Reiter bei uns, noch von den Pferden herab fragten sie nach meiner Schwester. Sie ist augenblicklich nicht hier, wurde ängstlich geantwortet, werde aber später kommen. Die Antwort wurde fast gleichgültig aufgenommen; wichtig schien vor allem, daß sie mich gefunden hatten. Es waren hauptsächlich zwei Herren, der Richter, ein junger, lebhafter Mann, und sein stiller Gehilfe, der Aßmann genannt wurde. Ich wurde aufgefordert in die Bauernstube einzutreten. Langsam, den Kopf wiegend, an den Hosenträgern rückend, setzte ich mich unter den scharfen Blicken der Herren in Gang. Noch glaubte ich fast, ein Wort werde genügen, um mich, den

Städter, sogar noch unter Ehren, aus diesem Bauernvolk zu befreien. Aber als ich die Schwelle der Stube überschritten hatte, sagte der Richter, der vorgesprungen war und mich schon erwartete: »Dieser Mann tut mir leid.« Es war aber über allem Zweifel, daß er damit nicht meinen gegenwärtigen Zustand meinte, sondern das, was mit mir geschehen würde. Die Stube sah einer Gefängniszelle ähnlicher als einer Bauernstube. Große Steinfliesen, dunkel, ganz kahle Wand, irgendwo eingemauert ein eiserner Ring, in der Mitte etwas, das halb Pritsche, halb Operationstisch war.

Könnte ich noch andere Luft schmecken als die des Gefängnisses? Das ist die große Frage oder vielmehr, sie wäre es, wenn ich noch Aussicht auf Entlassung hätte.

Der Nachbar

Mein Geschäft ruht ganz auf meinen Schultern. Zwei Fräulein mit Schreibmaschinen und Geschäftsbüchern im Vorzimmer, mein Zimmer mit Schreibtisch, Kasse, Beratungstisch, Klubsessel und Telephon, das ist mein ganzer Arbeitsapparat. So einfach zu überblicken, so leicht zu führen. Ich bin ganz jung und die Geschäfte rollen vor mir her. Ich klage nicht, ich klage nicht.

Seit Neujahr hat ein junger Mann die kleine, leerstehende Nebenwohnung, die ich ungeschickterweise so lange zu mieten gezögert habe, frischweg gemietet. Auch ein Zimmer mit Vorzimmer, außerdem aber noch eine Küche. Zimmer und Vorzimmer hätte ich wohl brauchen können – meine zwei Fräulein fühlten sich schon manchmal überlastet –, aber wozu hätte mir die Küche gedient? Dieses kleinliche Bedenken war daran schuld, daß ich mir die Wohnung habe nehmen lassen. Nun sitzt dort dieser junge Mann. Harras heißt er. Was er dort eigentlich macht, weiß ich nicht. Auf der Tür steht: ›Harras, Bureau.‹ Ich habe Erkundigungen eingezogen, man hat mir mitgeteilt, es sei ein Geschäft ähnlich dem meinigen. Vor Kreditgewährung könne man nicht geradezu warnen, denn es handle sich doch um einen jungen, aufstrebenden Mann, dessen Sache vielleicht Zukunft habe, doch könne man zum Kredit nicht geradezu raten, denn gegenwärtig sei allem Anschein nach kein Vermögen vorhanden. Die übliche Auskunft, die man gibt, wenn man nichts weiß.

Manchmal treffe ich Harras auf der Treppe, er muß es immer außerordentlich eilig haben, er huscht förmlich an mir vorüber. Genau gesehen habe ich ihn noch gar nicht, den Büroschlüssel hat er schon vorbereitet in der Hand. Im Augenblick hat er die Tür geöffnet. Wie der Schwanz einer Ratte ist er hineingeglitten und ich stehe wieder vor der Tafel ›Harras, Bureau‹, die ich schon viel öfter gelesen habe, als sie es verdient.

Die elend dünnen Wände, die den ehrlich tätigen Mann verraten, den Unehrlichen aber decken. Mein Telephon ist an der Zimmerwand angebracht, die mich von meinem Nachbar trennt. Doch hebe ich das bloß als besonders ironische Tatsache hervor. Selbst wenn es an der entgegengesetzten Wand hinge, würde man in der Nebenwohnung alles hören. Ich habe mir abgewöhnt, den Namen der Kunden beim Telephon zu nennen. Aber es gehört natürlich nicht viel Schlauheit dazu, aus charakteristischen, aber unvermeidlichen Wendungen des Gesprächs die Namen zu erraten. – Manchmal umtanze ich, die Hörmuschel am Ohr, von Unruhe gestachelt, auf den Fußspitzen den Apparat und kann es doch nicht verhüten, daß Geheimnisse preisgegeben werden.

Natürlich werden dadurch meine geschäftlichen Entscheidungen unsicher, meine Stimme zittrig. Was macht Harras, während ich telephoniere? Wollte ich sehr übertreiben – aber das muß man oft, um sich Klarheit zu verschaffen –, so könnte ich sagen: Harras braucht kein Telephon, er benutzt meines, er hat sein Kanapee an die Wand gerückt und horcht, ich dagegen muß, wenn geläutet wird, zum Telephon laufen, die Wünsche des Kunden entgegennehmen, schwerwiegende Entschlüsse fassen, großangelegte Überredungen ausführen – vor allem aber während des Ganzen unwillkürlich durch die Zimmerwand Harras Bericht erstatten.

Vielleicht wartet er gar nicht das Ende des Gespräches ab, sondern erhebt sich nach der Gesprächsstelle, die ihn über den Fall genügend aufgeklärt hat, huscht nach seiner Gewohnheit durch die Stadt und, ehe ich die Hörmuschel aufgehängt habe, ist er vielleicht schon daran, mir entgegenzuarbeiten.

Eine Kreuzung

Ich habe ein eigentümliches Tier, halb Kätzchen, halb Lamm. Es ist ein Erbstück aus meines Vaters Besitz. Entwickelt hat es sich aber doch erst in meiner Zeit, früher war es viel mehr Lamm als Kätzchen. Jetzt aber hat es von beiden wohl gleich viel. Von der Katze Kopf und Krallen, vom Lamm Größe und Gestalt; von beiden die Augen, die flakkernd und wild sind, das Fellhaar, das weich ist und knapp anliegt, die Bewegungen, die sowohl Hüpfen als Schleichen sind. Im Sonnenschein auf dem Fensterbrett macht es sich rund und schnurrt, auf der Wiese läuft es wie toll und ist kaum einzufangen. Vor Katzen flieht es, Lämmer will es anfallen. In der Mondnacht ist die Dachtraufe sein liebster Weg. Miauen kann es nicht und vor Ratten hat es Abscheu. Neben dem Hühnerstall kann es stundenlang auf der Lauer liegen, doch hat es noch niemals eine Mordgelegenheit ausgenutzt.

Ich nähre es mit süßer Milch, sie bekommt ihm bestens. In langen Zügen saugte es sie über seine Raubtierzähne hinweg in sich ein. Natürlich ist es ein großes Schauspiel für Kinder. Sonntag Vormittag ist Besuchstunde. Ich habe das Tierchen auf dem Schoß und die Kinder der ganzen Nachbarschaft stehen um mich herum.

Da werden die wunderbarsten Fragen gestellt, die kein Mensch beantworten kann: Warum es nur ein solches Tier gibt, warum gerade ich es habe, ob es vor ihm schon ein solches Tier gegeben hat und wie es nach seinem Tode sein wird, ob es sich einsam fühlt, warum es keine Jungen hat, wie es heißt und so weiter.

Ich gebe mir keine Mühe zu antworten, sondern begnüge mich ohne weitere Erklärungen damit, das zu zeigen, was ich habe. Manchmal bringen die Kinder Katzen mit, einmal haben sie sogar zwei Lämmer gebracht. Es kam aber entgegen ihren Erwartungen zu keinen Erkennungsszenen. Die Tiere sahen einander ruhig aus Tieraugen an und nahmen offenbar ihr Dasein als göttliche Tatsache gegenseitig hin.

In meinem Schoß kennt das Tier weder Angst noch Verfolgungslust. An mich angeschmiegt, fühlt es sich am wohlsten. Es hält zur Familie, die es aufgezogen hat. Es ist das wohl nicht irgendeine außergewöhnliche Treue, sondern der richtige Instinkt eines Tieres, das auf der Erde zwar unzählige Verschwägerte, aber vielleicht keinen einzigen Blutsverwandten hat und dem deshalb der Schutz, den es bei uns gefunden hat, heilig ist.

Manchmal muß ich lachen, wenn es mich umschnuppert, zwischen den Beinen sich durchwindet und gar nicht von mir zu trennen ist. Nicht genug damit, daß es Lamm und Katze ist, will es fast auch noch ein Hund sein. – Einmal als ich, wie es ja jedem geschehen kann, in meinen Geschäften und allem, was damit zusammenhängt, keinen Ausweg mehr finden konnte, alles verfallen lassen wollte und in solcher Verfassung zu Hause im Schaukelstuhl lag, das Tier auf dem Schoß, da tropften, als ich zufällig einmal hinuntersah, von seinen riesenhaften Barthaaren Tränen. – Waren es meine, waren es seine? – Hatte diese Katze mit Lammesseele auch Menschenehrgeiz? – Ich habe nicht viel von meinem Vater geerbt, dieses Erbstück aber kann sich sehen lassen.

Es hat beiderlei Unruhe in sich, die von der Katze und die vom Lamm, so verschiedenartig sie sind. Darum ist ihm seine Haut zu eng. – Manchmal springt es auf den Sessel neben mir, stemmt sich mit den Vorderbeinen an meine Schulter und hält seine Schnauze an mein Ohr. Es ist, als sagte es mir etwas, und tatsächlich beugt es sich dann vor und blickt mir ins Gesicht, um den Eindruck zu beobachten, den die Mitteilung auf mich gemacht hat. Und um gefällig zu sein, tue ich, als hätte ich etwas verstanden, und nicke. – Dann springt es hinunter auf den Boden und tänzelt umher.

Vielleicht wäre für dieses Tier das Messer des Fleischers eine Erlösung, die muß ich ihm aber als einem Erbstück versagen. Es muß deshalb warten, bis ihm der Atem von selbst ausgeht, wenn es mich manchmal auch wie aus verständigen Menschenaugen ansieht, die zu verständigem Tun auffordern.

Eine alltägliche Verwirrung

Ein alltäglicher Vorfall: sein Ertragen eine alltägliche Verwirrung. A hat mit B aus H ein wichtiges Geschäft abzuschließen. Er geht zur Vorbesprechung nach H, legt den Hin- und Herweg in je zehn Minuten zurück und rühmt sich zu Hause dieser besonderen Schnelligkeit. Am nächsten Tag geht er wieder nach H, diesmal zum endgültigen Geschäftsabschluß. Da dieser voraussichtlich mehrere Stunden erfordern wird, geht A sehr früh morgens fort. Obwohl aber alle Nebenumstände, wenigstens nach A's Meinung, völlig die gleichen sind wie am Vortag, braucht er diesmal zum Weg nach H zehn Stunden. Als er dort ermüdet abends ankommt, sagt man ihm, daß B, ärgerlich wegen A's Ausbleiben, vor einer halben Stunde zu A in sein Dorf gegangen sei und sie sich eigentlich unterwegs hätten treffen müssen. Man rät A zu warten. A aber, in Angst wegen des Geschäftes, macht sich sofort auf und eilt nach Hause.

Diesmal legt er den Weg, ohne besonders darauf zu achten, geradezu in einem Augenblick zurück. Zu Hause erfährt er, B sei doch schon gleich früh gekommen – gleich nach dem Weggang A's; ja, er habe A im Haustor getroffen, ihn an das Geschäft erinnert, aber A habe gesagt, er hätte jetzt keine Zeit, er müsse jetzt eilig fort.

Trotz diesem unverständlichen Verhalten A's sei aber B doch hier geblieben, um auf A zu warten. Er habe zwar schon oft gefragt, ob A nicht schon wieder zurück sei, befinde sich aber noch oben in A's Zimmer. Glücklich darüber, B jetzt noch zu sprechen und ihm alles erklären zu können, läuft A die Treppe hinauf. Schon ist er fast oben, da stolpert er, erleidet eine Sehnenzerrung und fast ohnmächtig vor Schmerz, unfähig sogar zu schreien, nur winselnd im Dunkel hört er, wie B – undeutlich ob in großer Ferne oder knapp neben ihm – wütend die Treppe hinunterstampft und endgültig verschwindet.

Das Schweigen der Sirenen

Beweis dessen, daß auch unzulängliche, ja kindische Mittel zur Rettung dienen können:

Um sich vor den Sirenen zu bewahren, stopfte sich Odysseus Wachs in die Ohren und ließ sich am Mast festschmieden. Ähnliches hätten natürlich seit jeher alle Reisenden tun können, außer denen, welche die Sirenen schon aus der Ferne verlockten, aber es war in der ganzen Welt bekannt, daß dies unmöglich helfen konnte. Der Sang der Sirenen durchdrang alles, und die Leidenschaft der Verführten hätte mehr als Ketten und Mast gesprengt. Daran aber dachte Odysseus nicht, obwohl er davon vielleicht gehört hatte. Er vertraute vollständig der Handvoll Wachs und dem Gebinde Ketten und in unschuldiger Freude über seine Mittelchen fuhr er den Sirenen entgegen.

Nun haben aber die Sirenen eine noch schrecklichere

Waffe als den Gesang, nämlich ihr Schweigen. Es ist zwar nicht geschehen, aber vielleicht denkbar, daß sich jemand vor ihrem Gesang gerettet hätte, vor ihrem Schweigen gewiß nicht. Dem Gefühl, aus eigener Kraft sie besiegt zu haben, der daraus folgenden alles fortreißenden Überhebung kann nichts Irdisches widerstehen.

Und tatsächlich sangen, als Odysseus kam, die gewaltigen Sängerinnen nicht, sei es, daß sie glaubten, diesem Gegner könne nur noch das Schweigen beikommen, sei es, daß der Anblick der Glückseligkeit im Gesicht des Odysseus, der an nichts anderes als an Wachs und Ketten dachte, sie allen Gesang vergessen ließ.

Odysseus aber, um es so auszudrücken, hörte ihr Schweigen nicht, er glaubte, sie sängen, und nur er sei behütet, es zu hören. Flüchtig sah er zuerst die Wendungen ihrer Hälse, das tiefe Atmen, die tränenvollen Augen, den halb geöffneten Mund, glaubte aber, dies gehöre zu den Arien, die ungehört um ihn verklangen. Bald aber glitt alles an seinen in die Ferne gerichteten Blicken ab, die Sirenen verschwanden förmlich vor seiner Entschlossenheit, und gerade als er ihnen am nächsten war, wußte er nichts mehr von ihnen.

Sie aber – schöner als jemals – streckten und drehten sich, ließen das schaurige Haar offen im Winde wehen und spannten die Krallen frei auf den Felsen. Sie wollten nicht mehr verführen, nur noch den Abglanz vom großen Augenpaar des Odysseus wollten sie so lange als möglich erhaschen.

Hätten die Sirenen Bewußtsein, sie wären damals vernichtet worden. So aber blieben sie, nur Odysseus ist ihnen entgangen.

Es wird übrigens noch ein Anhang hierzu überliefert. Odysseus, sagt man, war so listenreich, war ein solcher Fuchs, daß selbst die Schicksalsgöttin nicht in sein Innerstes dringen konnte. Vielleicht hat er, obwohl das mit Menschenverstand nicht mehr zu begreifen ist, wirklich gemerkt, daß die Sirenen schwiegen, und hat ihnen und den Göttern den obigen Scheinvorgang nur gewissermaßen als Schild entgegengehalten.

Prometheus

Von Prometheus berichten vier Sagen: Nach der ersten wurde er, weil er die Götter an die Menschen verraten hatte, am Kaukasus festgeschmiedet, und die Götter schickten Adler, die von seiner immer wachsenden Leber fraßen.

Nach der zweiten drückte sich Prometheus im Schmerz vor den zuhackenden Schnäbeln immer tiefer in den Felsen, bis er mit ihm eins wurde.

Nach der dritten wurde in den Jahrtausenden sein Verrat vergessen, die Götter vergaßen, die Adler, er selbst.

Nach der vierten wurde man des grundlos Gewordenen müde. Die Götter wurden müde, die Adler wurden müde, die Wunde schloß sich müde.

Blieb das unerklärliche Felsgebirge. – Die Sage versucht das Unerklärliche zu erklären. Da sie aus einem Wahrheitsgrund kommt, muß sie wieder im Unerklärlichen enden.

Zur Frage der Gesetze

Unsere Gesetze sind nicht allgemein bekannt, sie sind Geheimnis der kleinen Adelsgruppe, welche uns beherrscht. Wir sind davon überzeugt, daß diese alten Gesetze genau eingehalten werden, aber es ist doch etwas äußerst Quälendes, nach Gesetzen beherrscht zu werden, die man nicht kennt. Ich denke hierbei nicht an die verschiedenen Auslegungsmöglichkeiten und die Nachteile, die es mit sich bringt, wenn nur einzelne und nicht das ganze Volk an der Auslegung sich beteiligen dürfen. Diese Nachteile sind vielleicht gar nicht sehr groß. Die Gesetze sind ja so alt,

Jahrhunderte haben an ihrer Auslegung gearbeitet, auch diese Auslegung ist wohl schon Gesetz geworden, die möglichen Freiheiten bei der Auslegung bestehen zwar immer noch, sind aber sehr eingeschränkt. Außerdem hat offenbar der Adel keinen Grund, sich bei der Auslegung von seinem persönlichen Interesse zu unseren Ungunsten beeinflussen zu lassen, denn die Gesetze sind ja von ihrem Beginne an für den Adel festgelegt worden, der Adel steht außerhalb des Gesetzes, und gerade deshalb scheint das Gesetz sich ausschließlich in die Hände des Adels gegeben zu haben. Darin liegt natürlich Weisheit – wer zweifelt die Weisheit der alten Gesetze an? –, aber eben auch Qual für uns, wahrscheinlich ist das unumgänglich.

Übrigens können auch diese Scheingesetze eigentlich nur vermutet werden. Es ist eine Tradition, daß sie bestehen und dem Adel als Geheimnis anvertraut sind, aber mehr als alte und durch ihr Alter glaubwürdige Tradition ist es nicht und kann es nicht sein, denn der Charakter dieser Gesetze verlangt auch das Geheimhalten ihres Bestandes. Wenn wir im Volk aber seit ältesten Zeiten die Handlungen des Adels aufmerksam verfolgen, Aufschreibungen unserer Voreltern darüber besitzen, sie gewissenhaft fortgesetzt haben und in den zahllosen Tatsachen gewisse Richtlinien zu erkennen glauben, die auf diese oder jene geschichtliche Bestimmung schließen lassen, und wenn wir nach diesen sorgfältigst gesiebten und geordneten Schlußfolgerungen uns für die Gegenwart und Zukunft ein wenig einzurichten suchen – so ist das alles unsicher und vielleicht nur ein Spiel des Verstandes, denn vielleicht bestehen diese Gesetze, die wir hier zu erraten suchen, überhaupt nicht. Es gibt eine kleine Partei, die wirklich dieser Meinung ist und die nachzuweisen sucht, daß, wenn ein Gesetz besteht, es nur lauten kann: Was der Adel tut, ist Gesetz. Diese Partei sieht nur Willkürakte des Adels und verwirft die Volkstradition, die ihrer Meinung nach nur geringen zufälligen Nutzen bringt, dagegen meistens schweren Schaden, da sie dem Volk den kommenden

Ereignissen gegenüber eine falsche, trügerische, zu Leichtsinn führende Sicherheit gibt. Dieser Schaden ist nicht zu leugnen, aber die bei weitem überwiegende Mehrheit unseres Volkes sieht die Ursache dessen darin, daß die Tradition noch bei weitem nicht ausreicht, daß also noch viel mehr in ihr geforscht werden muß und daß allerdings auch ihr Material, so riesenhaft es scheint, noch viel zu klein ist und daß noch Jahrhunderte vergehen müssen, ehe es genügen wird. Das für die Gegenwart Trübe dieses Ausblicks erhellt nur der Glaube, daß einmal eine Zeit kommen wird, wo die Tradition und ihre Forschung gewissermaßen aufatmend den Schlußpunkt macht, alles klar geworden ist, das Gesetz nur dem Volk gehört und der Adel verschwindet. Das wird nicht etwa mit Haß gegen den Adel gesagt, durchaus nicht und von niemandem. Eher hassen wir uns selbst, weil wir noch nicht des Gesetzes gewürdigt werden können. Und darum eigentlich ist jene in gewissem Sinn doch sehr verlockende Partei, welche an kein eigentliches Gesetz glaubt, so klein geblieben, weil auch sie den Adel und das Recht seines Bestandes vollkommen anerkennt.

Man kann es eigentlich nur in einer Art Widerspruch ausdrücken: Eine Partei, die neben dem Glauben an die Gesetze auch den Adel verwerfen würde, hätte sofort das ganze Volk hinter sich, aber eine solche Partei kann nicht entstehen, weil den Adel niemand zu verwerfen wagt. Auf dieses Messers Schneide leben wir. Ein Schriftsteller hat das einmal so zusammengefaßt: Das einzige, sichtbare, zweifellose Gesetz, das uns auferlegt ist, ist der Adel und um dieses einzige Gesetz sollten wir uns selbst bringen wollen?

Poseidon

Poseidon saß an seinem Arbeitstisch und rechnete. Die Verwaltung aller Gewässer gab ihm unendliche Arbeit. Er hätte Hilfskräfte haben können, wie viel er wollte, und er hatte auch sehr viele, aber da er sein Amt sehr ernst nahm, rechnete er alles noch einmal durch und so halfen ihm die Hilfskräfte wenig. Man kann nicht sagen, daß ihn die Arbeit freute, er führte sie eigentlich nur aus, weil sie ihm auferlegt war, ja er hatte sich schon oft um fröhlichere Arbeit, wie er sich ausdrückte, beworben, aber immer, wenn man ihm dann verschiedene Vorschläge machte, zeigte es sich, daß ihm doch nichts so zusagte, wie sein bisheriges Amt. Es war auch sehr schwer, etwas anderes für ihn zu finden. Man konnte ihm doch unmöglich etwa ein bestimmtes Meer zuweisen; abgesehen davon, daß auch hier die rechnerische Arbeit nicht kleiner, sondern nur kleinlicher war, konnte der große Poseidon doch immer nur eine beherrschende Stellung bekommen. Und bot man ihm eine Stellung außerhalb des Wassers an, wurde ihm schon von der Vorstellung übel, sein göttlicher Atem geriet in Unordnung, sein eherner Brustkorb schwankte. Übrigens nahm man seine Beschwerden nicht eigentlich ernst; wenn ein Mächtiger quält, muß man ihm auch in der aussichtslosesten Angelegenheit scheinbar nachzugeben versuchen; an eine wirkliche Enthebung Poseidons von seinem Amt dachte niemand, seit Urbeginn war er zum Gott der Meere bestimmt worden und dabei mußte es bleiben.

Am meisten ärgerte er sich – und dies verursachte hauptsächlich seine Unzufriedenheit mit dem Amt – wenn er von den Vorstellungen hörte, die man sich von ihm machte, wie er etwa immerfort mit dem Dreizack durch die Fluten kutschiere. Unterdessen saß er hier in der Tiefe des Weltmeeres und rechnete ununterbrochen, hie und da eine Reise zu Jupiter war die einzige Unterbrechung der Eintönigkeit, eine Reise übrigens, von der er meistens wütend zurückkehrte.

So hatte er die Meere kaum gesehn, nur flüchtig beim eiligen Aufstieg zum Olymp, und niemals wirklich durchfahren. Er pflegte zu sagen, er warte damit bis zum Weltuntergang, dann werde sich wohl noch ein stiller Augenblick ergeben, wo er knapp vor dem Ende nach Durchsicht der letzten Rechnung noch schnell eine kleine Rundfahrt werde machen können.

Das Stadtwappen

Anfangs war beim babylonischen Turmbau alles in leidlicher Ordnung; ja, die Ordnung war vielleicht zu groß, man dachte zu sehr an Wegweiser, Dolmetscher, Arbeiterunterkünfte und Verbindungswege, so als habe man Jahrhunderte freier Arbeitsmöglichkeit vor sich. Die damals herrschende Meinung ging sogar dahin, man könne gar nicht langsam genug bauen; man mußte diese Meinung gar nicht sehr übertreiben und konnte überhaupt davor zurückschrecken, die Fundamente zu legen. Man argumentierte nämlich so: Das Wesentliche des ganzen Unternehmens ist der Gedanke, einen bis in den Himmel reichenden Turm zu bauen. Neben diesem Gedanken ist alles andere nebensächlich. Der Gedanke, einmal in seiner Größe gefaßt, kann nicht mehr verschwinden; solange es Menschen gibt, wird auch der starke Wunsch da sein, den Turm zu Ende zu bauen. In dieser Hinsicht aber muß man wegen der Zukunft keine Sorgen haben, im Gegenteil, das Wissen der Menschheit steigert sich, die Baukunst hat Fortschritte gemacht und wird weitere Fortschritte machen, eine Arbeit, zu der wir ein Jahr brauchen, wird in hundert Jahren vielleicht in einem halben Jahr geleistet werden und überdies besser, haltbarer. Warum also schon heute sich an die Grenze der Kräfte abmühen? Das hätte nur dann Sinn, wenn man hoffen könnte, den Turm in der Zeit einer Generation aufzubauen. Das aber war auf keine Weise zu erwarten. Eher ließ sich denken, daß die nächste Generation mit ihrem vervollkommneten Wissen die Arbeit der vorigen Generation schlecht finden und das Gebaute niederreißen werde, um von neuem anzufangen. Solche Gedanken lähmten die Kräfte, und mehr als um den Turmbau kümmerte man sich um den Bau der Arbeiterstadt. Jede Landsmannschaft wollte das schönste Quartier haben, dadurch ergaben sich Streitigkeiten, die sich bis zu blutigen Kämpfen steigerten. Diese Kämpfe hörten nicht mehr auf; den Führern waren sie ein neues Argument dafür, daß der Turm auch mangels der nötigen Konzentration sehr langsam oder lieber erst nach allgemeinem Friedensschluß gebaut werden sollte. Doch verbrachte man die Zeit nicht nur mit Kämpfen, in den Pausen verschönerte man die Stadt, wodurch man allerdings neuen Neid und neue Kämpfe hervorrief. So verging die Zeit der ersten Generation, aber keine der folgenden war anders, nur die Kunstfertigkeit steigerte sich immerfort und damit die Kampfsucht. Dazu kam, daß schon die zweite oder dritte Generation die Sinnlosigkeit des Himmelsturmbaues erkannte, doch war man schon viel zu sehr miteinander verbunden, um die Stadt zu verlassen.

Alles was in dieser Stadt an Sagen und Liedern entstanden ist, ist erfüllt von der Sehnsucht nach einem prophezeiten Tag, an welchem die Stadt von einer Riesenfaust in fünf kurz aufeinanderfolgenden Schlägen zerschmettert werden wird. Deshalb hat auch die Stadt die Faust im Wappen.

Kleine Fabel

»Ach«, sagte die Maus, »die Welt wird enger mit jedem Tag. Zuerst war sie so breit, daß ich Angst hatte, ich lief weiter und war glücklich, daß ich endlich rechts und links in der Ferne Mauern sah, aber diese langen Mauern eilen so schnell aufeinander zu, daß ich schon im letzten Zimmer bin, und dort im Winkel steht die Falle, in die ich laufe.« – »Du mußt nur die Laufrichtung ändern«, sagte die Katze und fraß sie.

Gibs auf!

Es war sehr früh am Morgen, die Straßen rein und leer, ich ging zum Bahnhof. Als ich eine Turmuhr mit meiner Uhr verglich, sah ich, daß es schon viel später war, als ich geglaubt hatte, ich mußte mich sehr beeilen, der Schrecken über diese Entdeckung ließ mich im Weg unsicher werden, ich kannte mich in dieser Stadt noch nicht sehr gut aus, glücklicherweise war ein Schutzmann in der Nähe, ich lief zu ihm und fragte ihn atemlos nach dem Weg. Er lächelte und sagte: »Von mir willst du den Weg erfahren?« »Ja«, sagte ich, »da ich ihn selbst nicht finden kann.« »Gibs auf, gibs auf«, sagte er und wandte sich mit einem großen Schwunge ab, so wie Leute, die mit ihrem Lachen allein sein wollen.

Von den Gleichnissen

Viele beklagen sich, daß die Worte der Weisen immer wieder nur Gleichnisse seien, aber unverwendbar im täglichen Leben, und nur dieses allein haben wir. Wenn der Weise sagt: »Gehe hinüber«, so meint er nicht, daß man auf die andere Seite hinübergehen solle, was man immerhin noch leisten könnte, wenn das Ergebnis des Weges wert wäre, sondern er meint irgendein sagenhaftes Drüben, etwas, das wir nicht kennen, das auch von ihm nicht näher zu bezeichnen ist und das uns also hier gar nichts helfen kann. Alle diese Gleichnisse wollen eigentlich nur sagen, daß das Unfaßbare unfaßbar ist, und das haben wir gewußt. Aber das, womit wir uns jeden Tag abmühen, sind andere Dinge.

Darauf sagte einer: »Warum wehrt ihr euch? Würdet ihr den Gleichnissen folgen, dann wäret ihr selbst Gleichnisse geworden und damit schon der täglichen Mühe frei.«

Ein anderer sagte: »Ich wette, daß auch das ein Gleichnis ist.«

Der erste sagte: »Du hast gewonnen.«

Der zweite sagte: »Aber leider nur im Gleichnis.«

Der erste sagte: »Nein, in Wirklichkeit; im Gleichnis hast du verloren.«

Ein Hungerkünstler

Vier Geschichten

Erstes Leid

Ein Trapezkünstler – bekanntlich ist diese hoch in den Kuppeln der großen Varietébühnen ausgeübte Kunst eine der schwierigsten unter allen, Menschen erreichbaren – hatte, zuerst nur aus dem Streben nach Vervollkommnung, später auch aus tyrannisch gewordener Gewohnheit sein Leben derart eingerichtet, daß er, so lange er im gleichen Unternehmen arbeitete, Tag und Nacht auf dem Trapeze blieb. Allen seinen, übrigens sehr geringen Bedürfnissen wurde durch einander ablösende Diener entsprochen, welche unten wachten und alles, was oben benötigt wurde, in eigens konstruierten Gefäßen hinauf- und hinabzogen. Besondere Schwierigkeiten für die Umwelt ergaben sich aus dieser Lebensweise nicht; nur während der sonstigen Programmnummern war es ein wenig störend, daß er, wie sich nicht verbergen ließ, oben geblieben war und daß, trotzdem er sich in solchen Zeiten meist ruhig verhielt, hie und da ein Blick aus dem Publikum zu ihm abirrte. Doch verziehen ihm dies die Direktionen, weil er ein außerordentlicher, unersetzlicher Künstler war. Auch sah man natürlich ein, daß er nicht aus Mutwillen so lebte, und eigentlich nur so sich in dauernder Übung erhalten, nur so seine Kunst in ihrer Vollkommenheit bewahren konnte.

Doch war es oben auch sonst gesund, und wenn in der wärmeren Jahreszeit in der ganzen Runde der Wölbung die Seitenfenster aufgeklappt wurden und mit der frischen Luft die Sonne mächtig in den dämmernden Raum eindrang, dann war es dort sogar schön. Freilich, sein menschlicher Verkehr war eingeschränkt, nur manchmal kletterte auf der Strickleiter ein Turnerkollege zu ihm hinauf, dann saßen sie beide auf dem Trapez, lehnten rechts und links an den Haltestricken und plauderten, oder es verbesserten Bauarbeiter das Dach und wechselten einige Worte mit ihm durch ein offenes Fenster, oder es überprüfte der Feuerwehrmann die Notbeleuchtung auf der obersten Galerie und rief ihm etwas Respektvolles, aber wenig Verständliches zu. Sonst blieb es um ihn still; nachdenklich sah nur manchmal irgendein Angestellter, der sich etwa am Nachmittag in das leere Theater verirrte, in die dem Blick sich fast entziehende Höhe empor, wo der Trapezkünstler, ohne wissen zu können, daß jemand ihn beobachtete, seine Künste trieb oder ruhte.

So hätte der Trapezkünstler ungestört leben können, wären nicht die unvermeidlichen Reisen von Ort zu Ort gewesen, die ihm äußerst lästig waren. Zwar sorgte der Impresario dafür, daß der Trapezkünstler von jeder unnötigen Verlängerung seiner Leiden verschont blieb: für die Fahrten in den Städten benützte man Rennautomobile, mit denen man, womöglich in der Nacht oder in den frühesten Morgenstunden, durch die menschenleeren Straßen mit letzter Geschwindigkeit jagte, aber freilich zu langsam für des Trapezkünstlers Sehnsucht; im Eisenbahnzug war ein ganzes Kupee bestellt, in welchem der Trapezkünstler, zwar in kläglichem, aber doch irgendeinem Ersatz seiner sonstigen Lebensweise die Fahrt oben im Gepäcknetz zubrachte; im nächsten Gastspielort war im Theater lange vor der Ankunft des Trapezkünstlers das Trapez schon an seiner Stelle, auch waren alle zum Theaterraum führenden Türen weit geöffnet, alle Gänge freigehalten – aber es waren doch immer die schönsten Augenblicke im Leben des Impresario, wenn der Trapezkünstler dann den Fuß auf die Strickleiter setzte und im Nu, endlich, wieder oben an seinem Trapeze hing.

So viele Reisen nun auch schon dem Impresario geglückt waren, jede neue war ihm doch wieder peinlich, denn die Reisen waren, von allem anderen abgesehen, für die Nerven des Trapezkünstlers jedenfalls zerstörend.

So fuhren sie wieder einmal miteinander, der Trapezkünstler lag im Gepäcknetz und träumte, der Impresario lehnte in der Fensterecke gegenüber und las ein Buch, da redete ihn der Trapezkünstler leise an. Der Impresario war gleich zu seinen Diensten. Der Trapezkünstler sagte, die Lippen beißend, er müsse jetzt für sein Turnen, statt des bisherigen einen, immer zwei Trapeze haben, zwei Trapeze einander gegenüber. Der Impresario war damit sofort einverstanden. Der Trapezkünstler aber, so als wolle er zeigen, daß hier die Zustimmung des Impresario ebenso bedeutungslos sei, wie es etwa sein Widerspruch wäre, sagte, daß er nun niemals mehr und unter keinen Umständen nur auf einem Trapez turnen werde. Unter der Vorstellung, daß es vielleicht doch einmal geschehen könnte, schien er zu schaudern. Der Impresario erklärte, zögernd und beobachtend, nochmals sein volles Einverständnis, zwei Trapeze seien besser als eines, auch sonst sei diese neue Einrichtung vorteilhaft, sie mache die Produktion abwechslungsreicher. Da fing der Trapezkünstler plötzlich zu weinen an. Tief erschrocken sprang der Impresario auf und fragte, was denn geschehen sei, und da er keine Antwort bekam, stieg er auf die Bank, streichelte ihn und drückte sein Gesicht an das eigene, so daß es auch von des Trapezkünstlers Tränen überflossen wurde. Aber erst nach vielen Fragen und Schmeichelworten sagte der Trapezkünstler schluchzend: »Nur diese eine Stange in den Händen – wie kann ich denn leben!« Nun war es dem Impresario schon leichter, den Trapezkünstler zu trösten; er versprach, gleich aus der nächsten Station an den nächsten Gastspielort wegen des zweiten Trapezes zu telegraphieren; machte sich Vorwürfe, daß er den Trapezkünstler so lange Zeit nur auf einem Trapez hatte arbeiten lassen, und dankte ihm und lobte ihn sehr, daß er endlich auf den Fehler aufmerksam gemacht hatte. So gelang es dem Impresario, den Trapezkünstler langsam zu beruhigen, und er konnte wieder zurück in seine Ecke gehen. Er selbst aber war nicht beruhigt, mit schwerer Sorge betrachtete er heimlich über das Buch hinweg den Trapezkünstler. Wenn ihn einmal solche Gedanken zu quälen begannen, konnten sie je gänzlich aufhören? Mußten sie sich nicht immerfort steigern? Waren sie nicht existenzbedrohend? Und wirklich glaubte der Impresario zu sehn, wie jetzt im scheinbar ruhigen Schlaf, in welchen das Weinen geendet hatte, die ersten Falten auf des Trapezkünstlers glatter Kinderstirn sich einzuzeichnen begannen.

Eine kleine Frau

Es ist eine kleine Frau; von Natur aus recht schlank, ist sie doch stark geschnürt; ich sehe sie immer im gleichen Kleid, es ist aus gelblich-grauem, gewisssermaßen holzfarbigem Stoff und ist ein wenig mit Troddeln oder knopfartigen Behängen von gleicher Farbe versehen; sie ist immer ohne Hut, ihr stumpf-blondes Haar ist glatt und nicht unordentlich, aber sehr locker gehalten. Trotzdem sie geschnürt ist, ist sie doch leicht beweglich, sie übertreibt freilich diese Beweglichkeit, gern hält sie die Hände in den Hüften und wendet den Oberkörper mit einem Wurf überraschend schnell seitlich. Den Eindruck, den ihre Hand auf mich macht, kann ich nur wiedergeben, wenn ich sage, daß ich noch keine Hand gesehen habe, bei der die einzelnen Finger derart scharf voneinander abgegrenzt wären, wie bei der ihren; doch hat ihre Hand keineswegs irgendeine anatomische Merkwürdigkeit, es ist eine völlig normale Hand.

Diese kleine Frau nun ist mit mir sehr unzufrieden, immer hat sie etwas an mir auszusetzen, immer geschieht ihr Unrecht von mir, ich ärgere sie auf Schritt und Tritt; wenn man das Leben in allerkleinste Teile teilen und jedes Teilchen gesondert beurteilen könnte, wäre gewiß jedes Teilchen meines Lebens für sie ein Ärgernis. Ich habe oft darüber nachgedacht, warum ich sie denn so ärgere; mag sein, daß alles an mir ihrem Schönheitssinn, ihrem Gerechtigkeitsgefühl, ihren Gewohnheiten, ihren Überlieferungen, ihren Hoffnungen widerspricht, es gibt derartige einander widersprechende Naturen, aber warum leidet sie so sehr darunter? Es besteht ja gar keine Beziehung zwischen uns, die sie zwingen würde, durch mich zu leiden. Sie müßte sich nur entschließen, mich als völlig Fremden anzusehn, der ich ja auch bin und der ich gegen einen solchen Entschluß mich nicht wehren, sondern ihn sehr begrüßen würde, sie müßte sich nur entschließen, meine Existenz zu vergessen, die ich ihr ja niemals aufgedrängt habe oder aufdrängen würde – und alles Leid wäre offenbar vorüber. Ich sehe hiebei ganz von mir ab und davon, daß ihr Verhalten natürlich auch mir peinlich ist, ich sehe davon ab, weil ich ja wohl erkenne, daß alle diese Peinlichkeit nichts ist im Vergleich mit ihrem Leid. Wobei ich mir allerdings durchaus dessen bewußt bin, daß es kein liebendes Leid ist; es liegt ihr gar nichts daran, mich wirklich zu bessern, zumal ja auch alles, was sie an mir aussetzt, nicht von einer derartigen Beschaffenheit ist, daß mein Fortkommen dadurch gestört würde. Aber mein Fortkommen kümmert sie eben auch nicht, sie kümmert nichts anderes als ihr persönliches Interesse, nämlich die Qual zu rächen, die ich ihr bereite, und die Qual, die ihr in Zukunft von mir droht, zu verhindern. Ich habe schon einmal versucht, sie darauf hinzuweisen, wie diesem fortwährenden Ärger am besten ein Ende gemacht werden könnte, doch habe ich sie gerade dadurch in eine derartige Aufwallung gebracht, daß ich den Versuch nicht mehr wiederholen werde.

Auch liegt ja, wenn man will, eine gewisse Verantwortung auf mir, denn so fremd mir die kleine Frau auch ist, und so sehr die einzige Beziehung, die zwischen uns besteht, der Ärger ist, den ich ihr bereite, oder vielmehr der Ärger, den sie sich von mir bereiten läßt, dürfte es mir doch nicht gleichgültig sein, wie sie sichtbar unter diesem Ärger auch körperlich leidet. Es kommen hie und da, sich mehrend in letzter Zeit, Nachrichten zu mir, daß sie wieder einmal am Morgen bleich, übernächtig, von Kopfschmerzen gequält und fast arbeitsunfähig gewesen sei; sie macht damit ihren Angehörigen Sorgen, man rät hin und her nach den Ursachen ihres Zustandes und hat sie bisher noch nicht gefunden. Ich allein kenne sie, es ist der alte und immer neue Ärger. Nun teile ich freilich die Sorgen ihrer Angehörigen nicht; sie ist stark und zäh; wer sich so zu ärgern vermag, vermag wahrscheinlich auch die Folgen des Ärgers zu überwinden; ich habe sogar den Verdacht, daß sie sich – wenigstens zum Teil – nur leidend stellt, um auf diese Weise den Verdacht der Welt auf mich hinzulenken. Offen zu sagen, wie ich sie durch mein Dasein quäle, ist sie zu stolz; an andere meinetwegen zu appellieren, würde sie als eine Herabwürdigung ihrer selbst empfinden; nur aus Widerwillen, aus einem nicht aufhörenden, ewig sie antreibenden Widerwillen beschäftigt sie sich mit mir; diese unreine Sache auch noch vor der Öffentlichkeit zu besprechen, das wäre für ihre Scham zu viel. Aber es ist doch auch zu viel, von der Sache ganz zu schweigen, unter deren unaufhörlichem Druck sie steht. Und so versucht sie in ihrer Frauenschlauheit einen Mittelweg; schweigend, nur durch die äußern Zeichen eines geheimen Leides will sie die Angelegenheit vor das Gericht der Öffentlichkeit bringen. Vielleicht hofft sie sogar, daß, wenn die Öffentlichkeit einmal ihren vollen Blick auf mich richtet, ein allgemeiner öffentlicher Ärger gegen mich entstehen und mit seinen großen Machtmitteln mich bis zur vollständigen Endgültigkeit viel kräftiger und schneller richten wird, als es ihr verhältnismäßig doch schwacher privater Ärger imstande ist; dann aber wird sie sich zurückziehen, aufatmen und mir den Rücken kehren. Nun, sollten dies wirklich ihre Hoffnungen sein, so täuscht sie sich. Die Öffentlichkeit wird nicht ihre Rolle übernehmen; die Öffentlichkeit wird niemals so unendlich viel an mir auszusetzen haben, auch wenn sie mich unter ihre stärkste Lupe nimmt. Ich bin kein so unnützer Mensch, wie sie glaubt; ich will mich nicht rühmen und besonders nicht in diesem Zusammenhang; wenn ich aber auch nicht durch besondere Brauchbarkeit ausgezeichnet sein sollte, werde ich doch auch gewiß nicht gegenteilig auffallen; nur für sie, für ihre fast weißstrahlenden Augen bin ich so, niemanden andern wird sie davon überzeugen können. Also könnte ich in dieser Hinsicht völlig beruhigt sein? Nein, doch nicht; denn wenn es wirklich bekannt wird, daß ich sie geradezu krank mache durch mein Benehmen, und einige Aufpasser, eben die fleißigsten Nachrichten-Überbringer, sind schon nahe daran, es zu durchschauen oder sie stellen sich wenigstens so, als durchschauten sie es, und es kommt die Welt und wird mir die Frage stellen, warum ich denn die arme kleine Frau durch meine Unverbesserlichkeit quäle und ob ich sie etwa bis in den Tod zu treiben beabsichtige und wann ich endlich die Vernunft und das einfache menschliche Mitgefühl haben werde, damit aufzuhören – wenn mich die Welt so fragen wird, es wird schwer sein, ihr zu antworten. Soll ich dann eingestehn, daß ich an jene Krankheitszeichen nicht sehr glaube und soll ich damit den unangenehmen Eindruck hervorrufen, daß ich, um von einer Schuld loszukommen, andere beschuldige und gar in so unfeiner Weise? Und könnte ich etwa gar offen sagen, daß ich, selbst wenn ich an ein wirkliches Kranksein glaubte, nicht das geringste Mitgefühl hätte, da mir ja die Frau völlig fremd ist und die Beziehung, die zwischen uns besteht, nur von ihr hergestellt ist und nur von ihrer Seite aus besteht. Ich will nicht sagen, daß man mir nicht glauben würde; man würde mir vielmehr weder glauben noch nicht glauben; man käme gar nicht so weit, daß davon die Rede sein könnte; man würde lediglich die Antwort registrieren, die ich hinsichtlich einer schwachen, kranken Frau gegeben habe, und das wäre wenig günstig für mich. Hier wie bei jeder andern Antwort wird mir eben hartnäckig in die Quere kommen die Unfähigkeit der Welt, in einem Fall wie diesem den Verdacht einer Liebesbeziehung nicht aufkommen zu lassen, trotzdem es bis zur äußersten Deutlichkeit zutage liegt, daß eine solche Beziehung nicht besteht und daß, wenn sie bestehen würde, sie eher noch von mir ausginge, der ich tatsächlich die kleine Frau in der Schlagkraft ihres Urteils und der Unermüdlichkeit ihrer Folgerungen immerhin zu bewundern fähig wäre, wenn ich nicht eben durch ihre Vorzüge immerfort gestraft würde. Bei ihr aber ist jedenfalls keine Spur einer freundlichen Beziehung zu mir vorhanden; darin ist sie aufrichtig und wahr; darauf ruht meine letzte Hoffnung; nicht einmal, wenn es in ihren Kriegsplan passen würde, an eine solche Beziehung zu mir glauben zu machen, würde sie sich soweit vergessen, etwas derartiges zu tun. Aber die in dieser Richtung völlig stumpfe Öffentlichkeit wird bei ihrer Meinung bleiben und immer gegen mich entscheiden.

So bliebe mir eigentlich doch nur übrig, rechtzeitig, ehe die Welt eingreift, mich soweit zu ändern, daß ich den Ärger der kleinen Frau nicht etwa beseitige, was undenkbar ist, aber doch ein wenig mildere. Und ich habe mich tatsächlich öfters gefragt, ob mich denn mein gegenwärtiger Zustand so befriedige, daß ich ihn gar nicht ändern wolle, und ob es denn nicht möglich wäre, gewisse Änderungen an mir vorzunehmen, auch wenn ich es nicht täte, weil ich von ihrer Notwendigkeit überzeugt wäre, sondern nur, um die Frau zu besänftigen. Und ich habe es ehrlich versucht, nicht ohne Mühe und Sorgfalt, es entsprach mir sogar, es belustigte mich fast; einzelne Änderungen ergaben sich, waren weithin sichtbar, ich mußte die Frau nicht auf sie aufmerksam machen, sie merkt alles derartige früher als ich, sie merkt schon den Ausdruck der Absicht in meinem Wesen; aber ein Erfolg war mir nicht beschieden. Wie wäre es auch möglich? Ihre Unzufriedenheit mit mir ist ja, wie ich jetzt schon einsehe, eine grundsätzliche; nichts kann sie beseitigen, nicht einmal die Beseitigung meiner selbst; ihre Wutanfälle etwa bei der Nachricht meines Selbstmordes wären grenzenlos. Nun kann ich mir nicht vorstellen, daß sie, diese scharfsinnige Frau, dies nicht ebenso einsieht wie ich, und zwar sowohl die Aussichtslosigkeit ihrer Bemühungen als auch meine Unschuld, meine Unfähigkeit, selbst bei bestem Willen ihren Forderungen zu entsprechen. Gewiß sieht sie es ein, aber als Kämpfernatur vergißt sie es in der Leidenschaft des Kampfes, und meine unglückliche Art, die ich aber nicht anders wählen kann, denn sie ist mir nun einmal so gegeben, besteht darin, daß ich jemandem, der außer Rand und Band geraten ist, eine leise Mahnung zuflüstern will. Auf diese Weise werden wir uns natürlich nie verständigen. Immer wieder werde ich etwa im Glück der ersten Morgenstunden aus dem Hause treten und dieses um meinetwillen vergrämte Gesicht sehn, die verdrießlich aufgestülpten Lippen, den prüfenden und schon vor der Prüfung das Ergebnis kennenden Blick, der über mich hinfährt und dem selbst bei größter Flüchtigkeit nichts entgehen kann, das bittere in die mädchenhafte Wange sich einbohrende Lächeln, das klagende Aufschauen zum Himmel, das Einlegen der Hände in die Hüften, um sich zu festigen, und dann in der Empörung das Bleichwerden und Erzittern.

Letzthin machte ich, überhaupt zum erstenmal, wie ich mir bei dieser Gelegenheit erstaunt eingestand, einem guten Freund einige Andeutungen von dieser Sache, nur nebenbei, leicht, mit ein paar Worten, ich drückte die Bedeutung des Ganzen, so klein sie für mich nach außen hin im Grunde ist, noch ein wenig unter die Wahrheit hinab. Sonderbar, daß der Freund dennoch nicht darüber hinweghörte, ja sogar aus eigenem der Sache an Bedeutung hinzugab, sich nicht ablenken ließ und dabei verharrte. Noch sonderbarer allerdings, daß er trotzdem in einem entscheidenden Punkt die Sache unterschätzte, denn er riet mir ernstlich, ein wenig zu verreisen. Kein Rat könnte unverständiger sein; die Dinge liegen zwar einfach, jeder kann sie, wenn er näher hinzutritt, durchschauen, aber so einfach sind sie doch auch nicht, daß durch mein Wegfahren alles oder auch nur das Wichtigste in Ordnung käme. Im Gegenteil, vor dem Wegfahren muß ich mich vielmehr hüten; wenn ich überhaupt irgendeinen Plan befolgen soll, dann jedenfalls den, die Sache in ihren bisherigen, engen, die Außenwelt noch nicht einbeziehenden Grenzen zu halten, also ruhig zu bleiben, wo ich bin, und keine großen, durch diese Sache veranlaßten, auffallenden Veränderungen zuzulassen, wozu auch gehört, mit niemandem davon zu sprechen, aber dies alles nicht deshalb, weil es irgendein gefährliches Geheimnis wäre, sondern deshalb, weil es eine kleine, rein persönliche und als solche immerhin leicht zu tragende Angelegenheit ist und weil sie dieses auch bleiben soll. Darin waren die Bemerkungen des Freundes doch nicht ohne Nutzen, sie haben mich nichts Neues gelehrt, aber mich in meiner Grundansicht bestärkt.

Wie es sich ja überhaupt bei genauerem Nachdenken zeigt, daß die Veränderungen, welche die Sachlage im Laufe der Zeit erfahren zu haben scheint, keine Veränderungen der Sache selbst sind, sondern nur die Entwicklung meiner Anschauung von ihr, insofern, als diese Anschauung teils ruhiger, männlicher wird, dem Kern näher kommt, teils allerdings auch unter dem nicht zu verwindenden Einfluß der fortwährenden Erschütterungen, seien diese auch noch so leicht, eine gewisse Nervosität annimmt.

Ruhiger werde ich der Sache gegenüber, indem ich zu erkennen glaube, daß eine Entscheidung, so nahe sie manchmal bevorzustehen scheint, doch wohl noch nicht kommen wird; man ist leicht geneigt, besonders in jungen Jahren, das Tempo, in dem Entscheidungen kommen, sehr zu überschätzen; wenn einmal meine kleine Richterin, schwach geworden durch meinen Anblick, seitlich in den Sessel sank, mit der einen Hand sich an der Rückenlehne festhielt, mit der anderen an ihrem Schnürleib nestelte, und Tränen des Zornes und der Verzweiflung ihr die Wangen hinabrollten, dachte ich immer, nun sei die Entscheidung da und gleich würde ich vorgerufen werden, mich zu verantworten. Aber nichts von Entscheidung, nichts von Verantwortung, Frauen wird leicht übel, die Welt hat nicht Zeit, auf alle Fälle aufzupassen. Und was ist denn eigentlich in all den Jahren geschehn? Nichts weiter, als daß sich solche Fälle wiederholten, einmal stärker, einmal schwächer, und daß nun also ihre Gesamtzahl größer ist. Und daß Leute sich in der Nähe herumtreiben und gern eingreifen würden, wenn sie eine Möglichkeit dazu finden würden; aber sie finden keine, bisher verlassen sie sich nur auf ihre Witterung, und Witterung allein genügt zwar, um ihren Besitzer reichlich zu beschäftigen, aber zu anderem taugt sie nicht. So aber war es im Grunde immer, immer gab es diese unnützen Ekkensteher und Lufteinatmer, welche ihre Nähe immer auf irgendeine überschlaue Weise, am liebsten durch Verwandtschaft, entschuldigten, immer haben sie aufgepaßt, immer haben sie die Nase voll Witterung gehabt, aber das Ergebnis alles dessen ist nur, daß sie noch immer dastehn. Der ganze Unterschied besteht darin, daß ich sie allmählich erkannt habe, ihre Gesichter unterscheide; früher habe ich geglaubt, sie kämen allmählich von überall her zusammen, die Ausmaße der Angelegenheit vergrößerten sich und würden von selbst die Entscheidung erzwingen; heute glaube ich zu wissen, daß das alles von altersher da war und mit dem Herankommen der Entscheidung sehr wenig oder nichts zu tun hat. Und die Entscheidung selbst, warum benenne ich sie mit einem so großen Wort? Wenn es einmal – und gewiß nicht morgen und übermorgen und wahrscheinlich niemals – dazu kommen sollte, daß sich die Öffentlichkeit doch mit dieser Sache, für die sie, wie ich immer wiederholen werde, nicht zuständig ist, beschäftigt, werde ich zwar nicht unbeschädigt aus dem Verfahren hervorgehen, aber es wird doch wohl in Betracht gezogen werden, daß ich der Öffentlichkeit nicht unbekannt bin, in ihrem vollen Licht seit jeher lebe, vertrauensvoll und Vertrauen verdienend, und daß deshalb diese nachträglich hervorgekommene leidende kleine Frau, die nebenbei bemerkt ein anderer als ich vielleicht längst als Klette erkannt und für die Öffentlichkeit völlig geräuschlos unter seinem Stiefel zertreten hätte, daß diese Frau doch schlimmstenfalls nur einen kleinen häßlichen Schnörkel dem Diplom hinzufügen könnte, in welchem mich die Öffentlichkeit längst als ihr achtungswertes Mitglied erklärt. Das ist der heutige Stand der Dinge, der also wenig geeignet ist, mich zu beunruhigen.

Daß ich mit den Jahren doch ein wenig unruhig geworden bin, hat mit der eigentlichen Bedeutung der Sache gar nichts zu tun; man hält es einfach nicht aus, jemanden immerfort zu ärgern, selbst wenn man die Grundlosigkeit des Ärgers wohl erkennt; man wird unruhig, man fängt an, gewissermaßen nur körperlich, auf Entscheidungen zu lauern, auch wenn man an ihr Kommen vernünftigerweise nicht sehr glaubt. Zum Teil aber handelt es sich auch nur um eine Alterserscheinung; die Jugend kleidet alles gut; unschöne Einzelheiten verlieren sich in der unaufhörlichen Kraftquelle der Jugend; mag einer als Junge einen etwas lauernden Blick gehabt haben, er ist ihm nicht übelgenommen, er ist gar nicht bemerkt worden, nicht einmal von ihm selbst, aber, was im Alter übrigbleibt, sind Reste, jeder ist nötig, keiner wird erneut, jeder steht unter Beobachtung, und der lauernde Blick eines alternden Mannes ist eben ein ganz deutlich lauernder Blick, und es ist nicht schwierig, ihn festzustellen. Nur ist es aber auch hier keine wirkliche sachliche Verschlimmerung.

Von wo aus also ich es auch ansehe, immer wieder zeigt sich und dabei bleibe ich, daß, wenn ich mit der Hand auch nur ganz leicht diese kleine Sache verdeckt halte, ich noch sehr lange, ungestört von der Welt, mein bisheriges Leben ruhig werde fortsetzen dürfen, trotz allen Tobens der Frau.

Ein Hungerkünstler

In den letzten Jahrzehnten ist das Interesse an Hungerkünstlern sehr zurückgegangen. Während es sich früher gut lohnte, große derartige Vorführungen in eigener Regie zu veranstalten, ist dies heute völlig unmöglich. Es waren andere Zeiten. Damals beschäftigte sich die ganze Stadt mit dem Hungerkünstler; von Hungertag zu Hungertag stieg die Teilnahme; jeder wollte den Hungerkünstler zumindest einmal täglich sehn; an den spätern Tagen gab es Abonnenten, welche tagelang vor dem kleinen Gitterkäfig saßen; auch in der Nacht fanden Besichtigungen statt, zur Erhöhung der Wirkung bei Fackelschein; an schönen Tagen wurde der Käfig ins Freie getragen, und nun waren es besonders die Kinder, denen der Hungerkünstler gezeigt wurde; während er für die Erwachsenen oft nur ein Spaß war, an dem sie der Mode halber teilnahmen, sahen die Kinder staunend, mit offenem Mund, der Sicherheit halber einander bei der Hand haltend, zu, wie er bleich, im schwarzen Trikot, mit mächtig vortretenden Rippen, sogar einen Sessel verschmähend, auf hingestreutem Stroh saß, einmal höflich nickend, angestrengt lächelnd Fragen beantwortete, auch durch das Gitter den Arm streckte, um seine Magerkeit befühlen zu lassen, dann aber wieder ganz in sich selbst versank, um niemanden sich kümmerte, nicht einmal um den für ihn so wichtigen Schlag der Uhr, die das einzige Möbelstück des Käfigs war, sondern nur vor sich hinsah mit fast geschlossenen Augen und hie und da aus einem winzigen Gläschen Wasser nippte, um sich die Lippen zu feuchten.

Außer den wechselnden Zuschauern waren auch ständige, vom Publikum gewählte Wächter da, merkwürdigerweise gewöhnlich Fleischhauer, welche, immer drei gleichzeitig, die Aufgabe hatten, Tag und Nacht den Hungerkünstler zu beobachten, damit er nicht etwa auf irgendeine heimliche Weise doch Nahrung zu sich nehme. Es war das aber lediglich eine Formalität, eingeführt zur Beruhigung der Massen, denn die Eingeweihten wußten wohl, daß der Hungerkünstler während der Hungerzeit niemals, unter keinen Umständen, selbst unter Zwang nicht, auch das Geringste nur gegessen hätte; die Ehre seiner Kunst verbot dies. Freilich, nicht jeder Wächter konnte das begreifen, es fanden sich manchmal nächtliche Wachgruppen, welche die Bewachung sehr lax durchführten, absichtlich in eine ferne Ecke sich zusammensetzten und dort sich ins Kartenspiel vertieften, in der offenbaren Absicht, dem Hungerkünstler eine kleine Erfrischung zu gönnen, die er ihrer Meinung nach aus irgendwelchen geheimen Vorräten hervorholen konnte. Nichts war dem Hungerkünstler quälender als solche Wächter; sie machten ihn trübselig; sie machten ihm das Hungern entsetzlich schwer; manchmal überwand er seine Schwäche und sang während dieser Wachzeit, solange er es nur aushielt, um den Leuten zu zeigen, wie ungerecht sie ihn verdächtigten. Doch half das wenig; sie wunderten sich dann nur über seine Geschicklichkeit, selbst während des Singens zu essen. Viel lieber waren ihm die Wächter, welche sich eng zum Gitter setzten, mit der trüben Nachtbeleuchtung des Saales sich nicht begnügten, sondern ihn mit den elektrischen Taschenlampen bestrahlten, die ihnen der Impresario zur Verfügung stellte. Das grelle Licht störte ihn gar nicht, schlafen konnte er ja überhaupt nicht, und ein wenig hindämmern konnte er immer, bei jeder Beleuchtung und zu jeder Stunde, auch im übervollen, lärmenden Saal. Er war sehr gerne bereit, mit solchen Wächtern die Nacht gänzlich ohne Schlaf zu verbringen; er war bereit, mit ihnen zu scherzen, ihnen Geschichten aus seinem Wanderleben zu erzählen, dann wieder ihre Erzählungen anzuhören, alles nur um sie wachzuhalten, um ihnen immer wieder zeigen zu können, daß er nichts Eßbares im Käfig hatte und daß er hungerte, wie keiner von ihnen es könnte. Am glücklichsten aber war er, wenn dann der Morgen kam, und ihnen auf seine Rechnung ein überreiches Frühstück gebracht wurde, auf das sie sich warfen mit dem Appetit gesunder Männer nach einer mühevoll durchwachten Nacht. Es gab zwar sogar Leute, die in diesem Frühstück eine ungebührliche Beeinflussung der Wächter sehen wollten, aber das ging doch zu weit, und wenn man sie fragte, ob etwa sie nur um der Sache willen ohne Frühstück die Nachtwache übernehmen wollten, verzogen sie sich, aber bei ihren Verdächtigungen blieben sie dennoch.

Dieses allerdings gehörte schon zu den vom Hungern überhaupt nicht zu trennenden Verdächtigungen. Niemand war ja imstande, alle die Tage und Nächte beim Hungerkünstler ununterbrochen als Wächter zu verbringen, niemand also konnte aus eigener Anschauung wissen, ob wirklich ununterbrochen, fehlerlos gehungert worden war; nur der Hungerkünstler selbst konnte das wissen, nur er also gleichzeitig der von seinem Hungern vollkommen befriedigte Zuschauer sein. Er aber war wieder aus einem andern Grunde niemals befriedigt; vielleicht war er gar nicht vom Hungern so sehr abgemagert, daß manche zu ihrem Bedauern den Vorführungen fernbleiben mußten, weil sie seinen Anblick nicht ertrugen, sondern er war nur so abgemagert aus Unzufriedenheit mit sich selbst. Er allein nämlich wußte, auch kein Eingeweihter sonst wußte das, wie leicht das Hungern war. Es war die leichteste Sache von der Welt. Er verschwieg es auch nicht, aber man glaubte ihm nicht, hielt ihn günstigstenfalls für bescheiden, meist aber für reklamesüchtig oder gar für einen Schwindler, dem das Hungern allerdings leicht war, weil er es sich leicht zu machen verstand, und der auch noch die Stirn hatte, es halb zu gestehn. Das alles mußte er hinnehmen, hatte sich auch im Laufe der Jahre daran gewöhnt, aber innerlich nagte diese Unbefriedigtheit immer an ihm, und noch niemals, nach keiner Hungerperiode – dieses Zeugnis mußte man ihm ausstellen – hatte er freiwillig den Käfig verlassen. Als Höchstzeit für das Hungern hatte der Impresario vierzig Tage festgesetzt, darüber hinaus ließ er niemals hungern, auch in den Weltstädten nicht, und zwar aus gutem Grund. Vierzig Tage etwa konnte man erfahrungsgemäß durch allmählich sich steigernde Reklame das Interesse einer Stadt immer mehr aufstacheln, dann aber versagte das Publikum, eine wesentliche Abnahme des Zuspruchs war festzustellen; es bestanden natürlich in dieser Hinsicht kleine Unterschiede zwischen den Städten und Ländern, als Regel aber galt, daß vierzig Tage die Höchstzeit war. Dann also am vierzigsten Tage wurde die Tür des mit Blumen umkränzten Käfigs geöffnet, eine begeisterte Zuschauerschaft erfüllte das Amphitheater, eine Militärkapelle spielte, zwei Ärzte betraten den Käfig, um die nötigen Messungen am Hungerkünstler vorzunehmen, durch ein Megaphon wurden die Resultate dem Saale verkündet, und schließlich kamen zwei junge Damen, glücklich darüber, daß gerade sie ausgelost worden waren, und wollten den Hungerkünstler aus dem Käfig ein paar Stufen hinabführen, wo auf einem kleinen Tischchen eine sorgfältig ausgewählte Krankenmahlzeit serviert war. Und in diesem Augenblick wehrte sich der Hungerkünstler immer. Zwar legte er noch freiwillig seine Knochenarme in die hilfsbereit ausgestreckten Hände der zu ihm hinabgebeugten Damen, aber aufstehen wollte er nicht. Warum gerade jetzt nach vierzig Tagen aufhören? Er hätte es noch lange, unbeschränkt lange ausgehalten; warum gerade jetzt aufhören, wo er im besten, ja noch nicht einmal im besten Hungern war? Warum wollte man ihn des Ruhmes berauben, weiter zu hungern, nicht nur der größte Hungerkünstler aller Zeiten zu werden, der er ja wahrscheinlich schon war, aber auch noch sich selbst zu übertreffen bis ins Unbegreifliche, denn für seine Fähigkeit zu hungern fühlte er keine Grenzen. Warum hatte diese Menge, die ihn so sehr zu bewundern vorgab, so wenig Geduld mit ihm; wenn er es aushielt, noch weiter zu hungern, warum wollte sie es nicht aushalten? Auch war er müde, saß gut im Stroh und sollte sich nun hoch und lang aufrichten und zu dem Essen gehn, das ihm schon allein in der Vorstellung Übelkeiten verursachte, deren Äußerung er nur mit Rücksicht auf die Damen mühselig unterdrückte. Und er blickte empor in die Augen der scheinbar so freundlichen, in Wirklichkeit so grausamen Damen und schüttelte den auf dem schwachen Halse überschweren Kopf. Aber dann geschah, was immer geschah. Der Impresario kam, hob stumm – die Musik machte das Reden unmöglich – die Arme über dem Hungerkünstler, so, als lade er den Himmel ein, sich sein Werk hier auf dem Stroh einmal anzusehn, diesen bedauernswerten Märtyrer, welcher der Hungerkünstler allerdings war, nur in ganz anderem Sinn; faßte den Hungerkünstler um die dünne Taille, wobei er durch übertriebene Vorsicht glaubhaft machen wollte, mit einem wie gebrechlichen Ding er es hier zu tun habe; und übergab ihn – nicht ohne ihn im geheimen ein wenig zu schütteln, so daß der Hungerkünstler mit den Beinen und dem Oberkörper unbeherrscht hin und her schwankte – den inzwischen totenbleich gewordenen Damen. Nun duldete der Hungerkünstler alles; der Kopf lag auf der Brust, es war, als sei er hingerollt und halte sich dort unerklärlich; der Leib war ausgehöhlt; die Beine drückten sich im Selbsterhaltungstrieb fest in den Knien aneinander, scharrten aber doch den Boden, so, als sei es nicht der wirkliche, den wirklichen suchten sie erst; und die ganze, allerdings sehr kleine Last des Körpers lag auf einer der Damen, welche hilfesuchend, mit fliegendem Atem – so hatte sie sich dieses Ehrenamt nicht vorgestellt – zuerst den Hals möglichst streckte, um wenigstens das Gesicht vor der Berührung mit dem Hungerkünstler zu bewahren, dann aber, da ihr dies nicht gelang und ihre glücklichere Gefährtin ihr nicht zu Hilfe kam, sondern sich damit begnügte, zitternd die Hand des Hungerkünstlers, dieses kleine Knochenbündel, vor sich herzutragen, unter dem entzückten Gelächter des Saales in Weinen ausbrach und von einem längst bereitgestellten Diener abgelöst werden mußte. Dann kam das Essen, von dem der Impresario dem Hungerkünstler während eines ohnmachtähnlichen Halbschlafes ein wenig einflößte, unter lustigem Plaudern, das die Aufmerksamkeit vom Zustand des Hungerkünstlers ablenken sollte; dann wurde noch ein Trinkspruch auf das Publikum ausgebracht, welcher dem Impresario angeblich vom Hungerkünstler zugeflüstert worden war; das Orchester bekräftigte alles durch einen großen Tusch, man ging auseinander, und niemand hatte das Recht, mit dem Gesehenen unzufrieden zu sein, niemand, nur der Hungerkünstler, immer nur er.

So lebte er mit regelmäßigen kleinen Ruhepausen viele Jahre, in scheinbarem Glanz, von der Welt geehrt, bei alledem aber meist in trüber Laune, die immer noch trüber wurde dadurch, daß niemand sie ernst zu nehmen verstand. Womit sollte man ihn auch trösten? Was blieb ihm zu wünschen übrig? Und wenn sich einmal ein Gutmütiger fand, der ihn bedauerte und ihm erklären wollte, daß seine Traurigkeit wahrscheinlich von dem Hungern käme, konnte es, besonders bei vorgeschrittener Hungerzeit, geschehn, daß der Hungerkünstler mit einem Wutausbruch antwortete und zum Schrecken aller wie ein Tier an dem Gitter zu rütteln begann. Doch hatte für solche Zustände der Impresario ein Strafmittel, das er gern anwandte. Er entschuldigte den Hungerkünstler vor versammeltem Publikum, gab zu, daß nur die durch das Hungern hervorgerufene, für satte Menschen nicht ohne weiteres begreifliche Reizbarkeit das Benehmen des Hungerkünstlers verzeihlich machen könne; kam dann im Zusammenhang damit auch auf die ebenso zu erklärende Behauptung des Hungerkünstlers zu sprechen, er könnte noch viel länger hungern, als er hungere; lobte das hohe Streben, den guten Willen, die große Selbstverleugnung, die gewiß auch in dieser Behauptung enthalten seien; suchte dann aber die Behauptung einfach genug durch Vorzeigen von Photographien, die gleichzeitig verkauft wurden, zu widerlegen, denn auf den Bildern sah man den Hungerkünstler an einem vierzigsten Hungertag, im Bett, fast verlöscht vor Entkräftung. Diese dem Hungerkünstler zwar wohlbekannte, immer aber von neuem ihn entnervende Verdrehung der Wahrheit war ihm zu viel. Was die Folge der vorzeitigen Beendigung des Hungerns war, stellte man hier als die Ursache dar! Gegen diesen Unverstand, gegen diese Welt des Unverstandes zu kämpfen, war unmöglich. Noch hatte er immer wieder in gutem Glauben begierig am Gitter dem Impresario zugehört, beim Erscheinen der Photographien aber ließ er das Gitter jedesmal los, sank mit Seufzen ins Stroh zurück, und das beruhigte Publikum konnte wieder herankommen und ihn besichtigen.

Wenn die Zeugen solcher Szenen ein paar Jahre später

daran zurückdachten, wurden sie sich oft selbst unverständlich. Denn inzwischen war jener erwähnte Umschwung eingetreten; fast plötzlich war das geschehen; es mochte tiefere Gründe haben, aber wem lag daran, sie aufzufinden; jedenfalls sah sich eines Tages der verwöhnte Hungerkünstler von der vergnügungssüchtigen Menge verlassen, die lieber zu anderen Schaustellungen strömte. Noch einmal jagte der Impresario mit ihm durch halb Europa, um zu sehn, ob sich nicht noch hie und da das alte Interesse wiederfände; alles vergeblich; wie in einem geheimen Einverständnis hatte sich überall geradezu eine Abneigung gegen das Schauhungern ausgebildet. Natürlich hatte das in Wirklichkeit nicht plötzlich so kommen können, und man erinnerte sich jetzt nachträglich an manche zu ihrer Zeit im Rausch der Erfolge nicht genügend beachtete, nicht genügend unterdrückte Vorboten, aber jetzt etwas dagegen zu unternehmen, war zu spät. Zwar war es sicher, daß einmal auch für das Hungern wieder die Zeit kommen werde, aber für die Lebenden war das kein Trost. Was sollte nun der Hungerkünstler tun? Der, welchen Tausende umjubelt hatten, konnte sich nicht in Schaubuden auf kleinen Jahrmärkten zeigen, und um einen andern Beruf zu ergreifen, war der Hungerkünstler nicht nur zu alt, sondern vor allem dem Hungern allzu fanatisch ergeben. So verabschiedete er denn den Impresario, den Genossen einer Laufbahn ohnegleichen, und ließ sich von einem großen Zirkus engagieren; um seine Empfindlichkeit zu schonen, sah er die Vertragsbedingungen gar nicht an.

Ein großer Zirkus mit seiner Unzahl von einander immer wieder ausgleichenden und ergänzenden Menschen und Tieren und Apparaten kann jeden und zu jeder Zeit gebrauchen, auch einen Hungerkünstler, bei entsprechend bescheidenen Ansprüchen natürlich, und außerdem war es ja in diesem besonderen Fall nicht nur der Hungerkünstler selbst, der engagiert wurde, sondern auch sein alter berühmter Name, ja man konnte bei der Eigenart dieser im zunehmenden Alter nicht abnehmenden Kunst nicht einmal sagen, daß ein ausgedienter, nicht mehr auf der Höhe seines Könnens stehender Künstler sich in einen ruhigen Zirkusposten flüchten wolle, im Gegenteil, der Hungerkünstler versicherte, daß er, was durchaus glaubwürdig war, ebensogut hungere wie früher, ja er behauptete sogar, er werde, wenn man ihm seinen Willen lasse, und dies versprach man ihm ohne weiteres, eigentlich erst jetzt die Welt in berechtigtes Erstaunen setzen, eine Behauptung allerdings, die mit Rücksicht auf die Zeitstimmung, welche der Hungerkünstler im Eifer leicht vergaß, bei den Fachleuten nur ein Lächeln hervorrief.

Im Grunde aber verlor auch der Hungerkünstler den Blick für die wirklichen Verhältnisse nicht und nahm es als selbstverständlich hin, daß man ihn mit seinem Käfig nicht etwa als Glanznummer mitten in die Manege stellte, sondern draußen an einem im übrigen recht gut zugänglichen Ort in der Nähe der Stallungen unterbrachte. Große, bunt gemalte Aufschriften umrahmten den Käfig und verkündeten, was dort zu sehen war. Wenn das Publikum in den Pausen der Vorstellung zu den Ställen drängte, um die Tiere zu besichtigen, war es fast unvermeidlich, daß es beim Hungerkünstler vorüberkam und ein wenig dort haltmachte, man wäre vielleicht länger bei ihm geblieben, wenn nicht in dem schmalen Gang die Nachdrängenden, welche diesen Aufenthalt auf dem Weg zu den ersehnten Ställen nicht verstanden, eine längere ruhige Betrachtung unmöglich gemacht hätten. Dieses war auch der Grund, warum der Hungerkünstler vor diesen Besuchszeiten, die er als seinen Lebenszweck natürlich herbeiwünschte, doch auch wieder zitterte. In der ersten Zeit hatte er die Vorstellungspausen kaum erwarten können; entzückt hatte er der sich heranwälzenden Menge entgegengesehn, bis er sich nur zu bald – auch die hartnäckigste, fast bewußte Selbsttäuschung hielt den Erfahrungen nicht stand – davon überzeugte, daß es zumeist der Absicht nach, immer wieder, ausnahmslos, lauter Stallbesucher waren. Und dieser Anblick von der Ferne blieb noch immer der schönste. Denn wenn sie bis zu ihm herangekommen waren, umtobte ihn sofort Geschrei und Schimpfen der ununterbrochen neu sich bildenden Parteien, jener, welche – sie wurde dem Hungerkünstler bald die peinlichere – ihn bequem ansehen wollte, nicht etwa aus Verständnis, sondern aus Laune und Trotz, und jener zweiten, die zunächst nur nach den Ställen verlangte. War der große Haufe vorüber, dann kamen die Nachzügler, und diese allerdings, denen es nicht mehr verwehrt war, stehen zu bleiben, solange sie nur Lust hatten, eilten mit langen Schritten, fast ohne Seitenblick, vorüber, um rechtzeitig zu den Tieren zu kommen. Und es war kein allzu häufiger Glücksfall, daß ein Familienvater mit seinen Kindern kam, mit dem Finger auf den Hungerkünstler zeigte, ausführlich erklärte, um was es sich hier handelte, von früheren Jahren erzählte, wo er bei ähnlichen, aber unvergleichlich großartigeren Vorführungen gewesen war, und dann die Kinder, wegen ihrer ungenügenden Vorbereitung von Schule und Leben her, zwar immer noch verständnislos blieben – was war ihnen Hungern? – aber doch in dem Glanz ihrer forschenden Augen etwas von neuen, kommenden, gnädigeren Zeiten verrieten. Vielleicht, so sagte sich der Hungerkünstler dann manchmal, würde alles doch ein wenig besser werden, wenn sein Standort nicht gar so nahe bei den Ställen wäre. Den Leuten wurde dadurch die Wahl zu leicht gemacht, nicht zu reden davon, daß ihn die Ausdünstungen der Ställe, die Unruhe der Tiere in der Nacht, das Vorübertragen der rohen Fleischstücke für die Raubtiere, die Schreie bei der Fütterung sehr verletzten und dauernd bedrückten. Aber bei der Direktion vorstellig zu werden, wagte er nicht; immerhin verdankte er ja den Tieren die Menge der Besucher, unter denen sich hie und da auch ein für ihn Bestimmter finden konnte, und wer wußte, wohin man ihn verstecken würde, wenn er an seine Existenz erinnern wollte und damit auch daran, daß er, genau genommen, nur ein Hindernis auf dem Weg zu den Ställen war.

Ein kleines Hindernis allerdings, ein immer kleiner werdendes Hindernis. Man gewöhnte sich an die Sonderbarkeit, in den heutigen Zeiten Aufmerksamkeit für einen Hungerkünstler beanspruchen zu wollen, und mit dieser Gewöhnung war das Urteil über ihn gesprochen. Er mochte so gut hungern, als er nur konnte, und er tat es, aber nichts konnte ihn mehr retten, man ging an ihm vorüber. Versuche, jemandem die Hungerkunst zu erklären! Wer es nicht fühlt, dem kann man es nicht begreiflich machen. Die schönen Aufschriften wurden schmutzig und unleserlich, man riß sie herunter, niemandem fiel es ein, sie zu ersetzen; das Täfelchen mit der Ziffer der abgeleisteten Hungertage, das in der ersten Zeit sorgfältig täglich erneut worden war, blieb schon längst immer das gleiche, denn nach den ersten Wochen war das Personal selbst dieser kleinen Arbeit überdrüssig geworden; und so hungerte zwar der Hungerkünstler weiter, wie er es früher einmal erträumt hatte, und es gelang ihm ohne Mühe ganz so, wie er es damals vorausgesagt hatte, aber niemand zählte die Tage, niemand, nicht einmal der Hungerkünstler selbst wußte, wie groß die Leistung schon war, und sein Herz wurde schwer. Und wenn einmal in der Zeit ein Müßiggänger stehen blieb, sich über die alte Ziffer lustig machte und von Schwindel sprach, so war das in diesem Sinn die dümmste Lüge, welche Gleichgültigkeit und eingeborene Bösartigkeit erfinden konnte, denn nicht der Hungerkünstler betrog, er arbeitete ehrlich, aber die Welt betrog ihn um seinen Lohn.

Doch vergingen wieder viele Tage, und auch das nahm ein Ende. Einmal fiel einem Aufseher der Käfig auf, und er fragte die Diener, warum man hier diesen gut brauchbaren Käfig mit dem verfaulten Stroh drinnen unbenützt stehen lasse; niemand wußte es, bis sich einer mit Hilfe der Ziffertafel an den Hungerkünstler erinnerte. Man rührte mit Stangen das Stroh auf und fand den Hungerkünstler darin. »Du hungerst noch immer?« fragte der Aufseher, »wann wirst du denn endlich aufhören?« »Verzeiht mir alle«, flüsterte der

Hungerkünstler; nur der Aufseher, der das Ohr ans Gitter hielt, verstand ihn. »Gewiß«, sagte der Aufseher und legte den Finger an die Stirn, um damit den Zustand des Hungerkünstlers dem Personal anzudeuten, »wir verzeihen dir.« »Immerfort wollte ich, daß ihr mein Hungern bewundert«, sagte der Hungerkünstler. »Wir bewundern es auch«, sagte der Aufseher entgegenkommend. »Ihr sollt es aber nicht bewundern«, sagte der Hungerkünstler. »Nun, dann bewundern wir es also nicht«, sagte der Aufseher, »warum sollen wir es denn nicht bewundern?« »Weil ich hungern muß, ich kann nicht anders«, sagte der Hungerkünstler. »Da sieh mal einer«, sagte der Aufseher, »warum kannst du denn nicht anders?« »Weil ich«, sagte der Hungerkünstler, hob das Köpfchen ein wenig und sprach mit wie zum Kuß gespitzten Lippen gerade in das Ohr des Aufsehers hinein, damit nichts verloren ginge, »weil ich nicht die Speise finden konnte, die mir schmeckt. Hätte ich sie gefunden, glaube mir, ich hätte kein Aufsehen gemacht und mich vollgegessen wie du und alle.« Das waren die letzten Worte, aber noch in seinen gebrochenen Augen war die feste, wenn auch nicht mehr stolze Überzeugung, daß er weiterhungre.

»Nun macht aber Ordnung!« sagte der Aufseher, und man begrub den Hungerkünstler samt dem Stroh. In den Käfig aber gab man einen jungen Panther. Es war eine selbst dem stumpfsten Sinn fühlbare Erholung, in dem so lange öden Käfig dieses wilde Tier sich herumwerfen zu sehn. Ihm fehlte nichts. Die Nahrung, die ihm schmeckte, brachten ihm ohne langes Nachdenken die Wächter; nicht einmal die Freiheit schien er zu vermissen; dieser edle, mit allem Nötigen bis knapp zum Zerreißen ausgestattete Körper schien auch die Freiheit mit sich herumzutragen; irgendwo im Gebiß schien sie zu stecken; und die Freude am Leben kam mit derart starker Glut aus seinem Rachen, daß es für die Zuschauer nicht leicht war, ihr standzuhalten. Aber sie überwanden sich, umdrängten den Käfig und wollten sich gar nicht fortrühren.

Josefine, die Sängerin
oder
Das Volk der Mäuse

Unsere Sängerin heißt Josefine. Wer sie nicht gehört hat, kennt nicht die Macht des Gesanges. Es gibt niemanden, den ihr Gesang nicht fortreißt, was umso höher zu bewerten ist, als unser Geschlecht im ganzen Musik nicht liebt. Stiller Frieden ist uns die liebste Musik; unser Leben ist schwer, wir können uns, auch wenn wir einmal alle Tagessorgen abzuschütteln versucht haben, nicht mehr zu solchen, unserem sonstigen Leben so fernen Dingen erheben, wie es die Musik ist. Doch beklagen wir es nicht sehr; nicht einmal so weit kommen wir; eine gewisse praktische Schlauheit, die wir freilich auch äußerst dringend brauchen, halten wir für unsern größten Vorzug, und mit dem Lächeln dieser Schlauheit pflegen wir uns über alles hinwegzutrösten, auch wenn wir einmal – was aber nicht geschieht – das Verlangen nach dem Glück haben sollten, das von der Musik vielleicht ausgeht. Nur Josefine macht eine Ausnahme; sie liebt die Musik und weiß sie auch zu vermitteln; sie ist die einzige; mit ihrem Hingang wird die Musik – wer weiß wie lange – aus unserem Leben verschwinden.

Ich habe oft darüber nachgedacht, wie es sich mit dieser Musik eigentlich verhält. Wir sind doch ganz unmusikalisch; wie kommt es, daß wir Josefinens Gesang verstehn oder, da Josefine unser Verständnis leugnet, wenigstens zu verstehen glauben. Die einfachste Antwort wäre, daß die Schönheit dieses Gesanges so groß ist, daß auch der stumpfste Sinn ihr nicht widerstehen kann, aber diese Antwort ist nicht befriedigend. Wenn es wirklich so wäre, müßte man vor diesem Gesang zunächst und immer das Gefühl des Außerordentlichen haben, das Gefühl, aus dieser Kehle erklinge etwas, was wir nie vorher gehört haben und das zu hören wir auch gar nicht die Fähigkeit haben, etwas, was zu hören uns nur diese eine Josefine und niemand sonst befähigt. Gerade das trifft aber meiner Meinung nach nicht zu, ich fühle es nicht und habe auch bei andern nichts dergleichen bemerkt. Im vertrauten Kreise gestehen wir einander offen, daß Josefinens Gesang als Gesang nichts Außerordentliches darstellt.

Ist es denn überhaupt Gesang? Trotz unserer Unmusikalität haben wir Gesangsüberlieferungen; in den alten Zeiten unseres Volkes gab es Gesang; Sagen erzählen davon und sogar Lieder sind erhalten, die freilich niemand mehr singen kann. Eine Ahnung dessen, was Gesang ist, haben wir also und dieser Ahnung nun entspricht Josefinens Kunst eigentlich nicht. Ist es denn überhaupt Gesang? Ist es nicht vielleicht doch nur ein Pfeifen? Und Pfeifen allerdings kennen wir alle, es ist die eigentliche Kunstfertigkeit unseres Volkes, oder vielmehr gar keine Fertigkeit, sondern eine charakteristische Lebensäußerung. Alle pfeifen wir, aber freilich denkt niemand daran, das als Kunst auszugeben, wir pfeifen, ohne darauf zu achten, ja, ohne es zu merken und es gibt sogar viele unter uns, die gar nicht wissen, daß das Pfeifen zu unsern Eigentümlichkeiten gehört. Wenn es also wahr wäre, daß Josefine nicht singt, sondern nur pfeift und vielleicht gar, wie es mir wenigstens scheint, über die Grenzen des üblichen Pfeifens kaum hinauskommt – ja vielleicht reicht ihre Kraft für dieses übliche Pfeifen nicht einmal ganz hin, während es ein gewöhnlicher Erdarbeiter ohne Mühe den ganzen Tag über neben seiner Arbeit zustandebringt – wenn das alles wahr wäre, dann wäre zwar Josefinens angebliche Künstlerschaft widerlegt, aber es wäre dann erst recht das Rätsel ihrer großen Wirkung zu lösen.

Es ist aber eben doch nicht nur Pfeifen, was sie produziert. Stellt man sich recht weit von ihr hin und horcht, oder noch besser, läßt man sich in dieser Hinsicht prüfen, singt also Josefine etwa unter andern Stimmen und setzt man sich die Aufgabe, ihre Stimme zu erkennen, dann wird man unweigerlich nichts anderes heraushören, als ein gewöhnliches, höchstens durch Zartheit oder Schwäche ein wenig auffallendes Pfeifen. Aber steht man vor ihr, ist es doch nicht nur ein Pfeifen; es ist zum Verständnis ihrer Kunst notwendig, sie nicht nur zu hören sondern auch zu sehn. Selbst wenn es nur unser tagtägliches Pfeifen wäre, so besteht hier doch schon zunächst die Sonderbarkeit, daß jemand sich feierlich hinstellt, um nichts anderes als das Übliche zu tun. Eine Nuß aufknacken ist wahrhaftig keine Kunst, deshalb wird es auch niemand wagen, ein Publikum zusammenzurufen und vor ihm, um es zu unterhalten, Nüsse knacken. Tut er es dennoch und gelingt seine Absicht, dann kann es sich eben doch nicht nur um bloßes Nüsseknacken handeln. Oder es handelt sich um Nüsseknacken, aber es stellt sich heraus, daß wir über diese Kunst hinweggesehen haben, weil wir sie glatt beherrschten und daß uns dieser neue Nußknacker erst ihr eigentliches Wesen zeigt, wobei es dann für die Wirkung sogar nützlich sein könnte, wenn er etwas weniger tüchtig im Nüsseknacken ist als die Mehrzahl von uns.

Vielleicht verhält es sich ähnlich mit Josefinens Gesang; wir bewundern an ihr das, was wir an uns gar nicht bewundern; übrigens stimmt sie in letzterer Hinsicht mit uns völlig überein. Ich war einmal zugegen, als sie jemand, wie dies natürlich öfters geschieht, auf das allgemeine Volkspfeifen aufmerksam machte und zwar nur ganz bescheiden, aber für Josefine war es schon zu viel. Ein so freches, hochmütiges Lächeln, wie sie es damals aufsetzte, habe ich noch nicht gesehn; sie, die äußerlich eigentlich vollendete Zartheit ist, auffallend zart selbst in unserem an solchen Frauengestalten reichen Volk, erschien damals geradezu gemein; sie mochte es übrigens in ihrer großen Empfindlichkeit auch gleich selbst fühlen und faßte sich. Jedenfalls leugnet sie also jeden Zusammenhang zwischen ihrer Kunst und dem Pfeifen. Für die, welche gegenteiliger Meinung sind, hat sie nur Verachtung und wahrscheinlich uneingestandenen Haß. Das ist nicht gewöhnliche Eitelkeit, denn diese Opposition, zu der auch ich halb gehöre, bewundert sie gewiß nicht weniger als es die Menge tut, aber Josefine will nicht nur bewundert, sondern genau in der von ihr bestimmten Art bewundert sein, an Bewunderung allein liegt ihr nichts. Und wenn man vor ihr sitzt, versteht man sie; Opposition treibt man nur in der Ferne; wenn man vor ihr sitzt, weiß man: was sie hier pfeift, ist kein Pfeifen.

Da Pfeifen zu unseren gedankenlosen Gewohnheiten gehört, könnte man meinen, daß auch in Josefinens Auditorium gepfiffen wird; es wird uns wohl bei ihrer Kunst und wenn uns wohl ist, pfeifen wir; aber ihr Auditorium pfeift nicht, es ist mäuschenstill, so als wären wir des ersehnten Friedens teilhaftig geworden, von dem uns zumindest unser eigenes Pfeifen abhält, schweigen wir. Ist es ihr Gesang, der uns entzückt oder nicht vielmehr die feierliche Stille, von der das schwache Stimmchen umgeben ist? Einmal geschah es, daß irgendein törichtes kleines Ding während Josefinens Gesang in aller Unschuld auch zu pfeifen anfing. Nun, es war ganz dasselbe, was wir auch von Josefine hörten; dort vorne das trotz aller Routine immer noch schüchterne Pfeifen und hier im Publikum das selbstvergessene kindliche Gepfeife; den Unterschied zu bezeichnen, wäre unmöglich gewesen; aber doch zischten und pfiffen wir gleich die Störerin nieder, trotzdem es gar nicht nötig gewesen wäre, denn sie hätte sich gewiß auch sonst in Angst und Scham verkrochen, während Josefine ihr Triumphpfeifen anstimmte und ganz außer sich war mit ihren ausgespreizten Armen und dem gar nicht mehr höher dehnbaren Hals.

So ist sie übrigens immer, jede Kleinigkeit, jeden Zufall, jede Widerspenstigkeit, ein Knacken im Parkett, ein Zähneknirschen, eine Beleuchtungsstörung hält sie für geeignet, die Wirkung ihres Gesanges zu erhöhen; sie singt ja ihrer Meinung nach vor tauben Ohren; an Begeisterung und Beifall fehlt es nicht, aber auf wirkliches Verständnis, wie sie es meint, hat sie längst verzichten gelernt. Da kommen ihr denn alle Störungen sehr gelegen; alles, was sich von außen her der Reinheit ihres Gesanges entgegenstellt, in leichtem Kampf, ja ohne Kampf, bloß durch die Gegenüberstellung besiegt wird, kann dazu beitragen, die Menge zu erwecken, sie zwar nicht Verständnis, aber ahnungsvollen Respekt zu lehren.

Wenn ihr aber nun das Kleine so dient, wie erst das Große. Unser Leben ist sehr unruhig, jeder Tag bringt Überraschungen, Beängstigungen, Hoffnungen und Schrekken, daß der Einzelne unmöglich dies alles ertragen könnte, hätte er nicht jederzeit bei Tag und Nacht den Rückhalt der Genossen; aber selbst so wird es oft recht schwer; manchmal zittern selbst tausend Schultern unter der Last, die eigentlich nur für einen bestimmt war. Dann hält Josefine ihre Zeit für gekommen. Schon steht sie da, das zarte Wesen, besonders unterhalb der Brust beängstigend vibrierend, es ist, als hätte sie alle ihre Kraft im Gesang versammelt, als sei allem an ihr, was nicht dem Gesange unmittelbar diene, jede Kraft, fast jede Lebensmöglichkeit entzogen, als sei sie entblößt, preisgegeben, nur dem Schutze guter Geister überantwortet, als könne sie, während sie so, sich völlig entzogen, im Gesange wohnt, ein kalter Hauch im Vorüberwehn töten. Aber gerade bei solchem Anblick pflegen wir angeblichen Gegner uns zu sagen: »Sie kann nicht einmal pfeifen; so entsetzlich muß sie sich anstrengen, um nicht Gesang – reden wir nicht von Gesang – aber um das landesübliche Pfeifen einigermaßen sich abzuzwingen.« So scheint es uns, doch ist dies, wie erwähnt, ein zwar unvermeidlicher, aber flüchtiger, schnell vorübergehender Eindruck. Schon tauchen auch wir in das Gefühl der Menge, die warm, Leib an Leib, scheu atmend horcht.

Und um diese Menge unseres fast immer in Bewegung befindlichen, wegen oft nicht sehr klarer Zwecke hin- und herschießenden Volkes um sich zu versammeln, muß Josefine meist nichts anderes tun, als mit zurückgelegtem Köpfchen, halboffenem Mund, der Höhe zugewandten Augen jene Stellung einnehmen, die darauf hindeutet, daß sie zu singen beabsichtigt. Sie kann dies tun, wo sie will, es muß kein weithin sichtbarer Platz sein, irgendein verborgener, in zufälliger Augenblickslaune gewählter Winkel ist ebensogut brauchbar. Die Nachricht, daß sie singen will, verbreitet sich gleich, und bald zieht es in Prozessionen hin. Nun, manchmal treten doch Hindernisse ein, Josefine singt mit Vorliebe gerade in aufgeregten Zeiten, vielfache Sorgen und Nöte zwingen uns dann zu vielerlei Wegen, man kann sich beim besten Willen nicht so schnell versammeln, wie es Josefine wünscht, und sie steht dort diesmal in ihrer großen Haltung vielleicht eine Zeitlang ohne genügende Hörerzahl – dann freilich wird sie wütend, dann stampft sie mit den Füßen, flucht ganz unmädchenhaft, ja sie beißt sogar. Aber selbst ein solches Verhalten schadet ihrem Rufe nicht; statt ihre übergroßen Ansprüche ein wenig einzudämmen, strengt man sich an, ihnen zu entsprechen; es werden Boten ausgeschickt, um Hörer herbeizuholen; es wird vor ihr geheim gehalten, daß das geschieht; man sieht dann auf den Wegen im Umkreis Posten aufgestellt, die den Herankommenden zuwinken, sie möchten sich beeilen; dies alles so lange, bis dann schließlich doch eine leidliche Anzahl beisammen ist.

Was treibt das Volk dazu, sich für Josefine so zu bemühen? Eine Frage, nicht leichter zu beantworten als die nach Josefinens Gesang, mit der sie ja auch zusammenhängt. Man könnte sie streichen und gänzlich mit der zweiten Frage vereinigen, wenn sich etwa behaupten ließe, daß das Volk wegen des Gesanges Josefine bedingungslos ergeben ist. Dies ist aber eben nicht der Fall; bedingungslose Ergebenheit kennt unser Volk kaum; dieses Volk, das über alles die freilich harmlose Schlauheit liebt, das kindliche Wispern, den freilich unschuldigen, bloß die Lippen bewegenden Tratsch, ein solches Volk kann immerhin nicht bedingungslos sich hingeben, das fühlt wohl auch Josefine, das ist es, was sie bekämpft mit aller Anstrengung ihrer schwachen Kehle.

Nur darf man freilich bei solchen allgemeinen Urteilen nicht zu weit gehn, das Volk ist Josefine doch ergeben, nur nicht bedingungslos. Es wäre z. B. nicht fähig, über Josefine zu lachen. Man kann es sich eingestehn: an Josefine fordert manches zum Lachen auf; und an und für sich ist uns das Lachen immer nah; trotz allem Jammer unseres Lebens ist ein leises Lachen bei uns gewissermaßen immer zu Hause; aber über Josefine lachen wir nicht. Manchmal habe ich den Eindruck, das Volk fasse sein Verhältnis zu Josefine derart auf, daß sie, dieses zerbrechliche, schonungsbedürftige, irgendwie ausgezeichnete, ihrer Meinung nach durch Gesang ausgezeichnete Wesen ihm anvertraut sei und es müsse für sie sorgen; der Grund dessen ist niemandem klar, nur die Tatsache scheint festzustehn. Über das aber, was einem anvertraut ist, lacht man nicht; darüber zu lachen, wäre Pflichtverletzung; es ist das Äußerste an Boshaftigkeit, was die Boshaftesten unter uns Josefine zufügen, wenn sie manchmal sagen: »Das Lachen vergeht uns, wenn wir Josefine sehn.«

So sorgt also das Volk für Josefine in der Art eines Vaters, der sich eines Kindes annimmt, das sein Händchen – man weiß nicht recht, ob bittend oder fordernd – nach ihm ausstreckt. Man sollte meinen, unser Volk tauge nicht zur Erfüllung solcher väterlicher Pflichten, aber in Wirklichkeit versieht es sie, wenigstens in diesem Falle, musterhaft; kein Einzelner könnte es, was in dieser Hinsicht das Volk als Ganzes zu tun imstande ist. Freilich, der Kraftunterschied zwischen dem Volk und dem Einzelnen ist so ungeheuer, es genügt, daß es den Schützling in die Wärme seiner Nähe zieht, und er ist beschützt genug. Zu Josefine wagt man allerdings von solchen Dingen nicht zu reden. »Ich pfeife auf eueren Schutz«, sagt sie dann. »Ja, ja, du pfeifst«, denken wir. Und außerdem ist es wahrhaftig keine Widerlegung, wenn sie rebelliert, vielmehr ist das durchaus Kindesart und Kindesdankbarkeit, und Art des Vaters ist es, sich nicht daran zu kehren.

Nun spricht aber doch noch anderes mit herein, das schwerer aus diesem Verhältnis zwischen Volk und Josefine zu erklären ist. Josefine ist nämlich der gegenteiligen Meinung, sie glaubt, sie sei es, die das Volk beschütze. Aus schlimmer politischer oder wirtschaftlicher Lage rettet uns angeblich ihr Gesang, nichts weniger als das bringt er zuwege, und wenn er das Unglück nicht vertreibt, so gibt er uns wenigstens die Kraft, es zu ertragen. Sie spricht es nicht so aus und auch nicht anders, sie spricht überhaupt wenig, sie ist schweigsam unter den Plappermäulern, aber aus ihren Augen blitzt es, von ihrem geschlossenen Mund – bei uns können nur wenige den Mund geschlossen halten, sie kann es – ist es abzulesen. Bei jeder schlechten Nachricht – und an manchen Tagen überrennen sie einander, falsche und halbrichtige darunter – erhebt sie sich sofort, während es sie sonst müde zu Boden zieht, erhebt sich und streckt den Hals und sucht den Überblick über ihre Herde wie der Hirt vor dem Gewitter. Gewiß, auch Kinder stellen ähnliche Forderungen in ihrer wilden, unbeherrschten Art, aber bei Josefine sind sie doch nicht so unbegründet wie bei jenen. Freilich, sie rettet uns nicht und gibt uns keine Kräfte, es ist leicht, sich als Retter dieses Volkes aufzuspielen, das leidensgewohnt, sich nicht schonend, schnell in Entschlüssen, den Tod wohl kennend, nur dem Anscheine nach ängstlich in der Atmosphäre von Tollkühnheit, in der es ständig lebt, und überdies ebenso fruchtbar wie wagemutig – es ist leicht, sage ich, sich nachträglich als Retter dieses Volkes aufzuspielen, das sich noch immer irgendwie selbst gerettet hat, sei es auch unter Opfern, über die der Geschichtsforscher – im allgemeinen vernachlässigen wir Geschichtsforschung gänzlich – vor Schrecken erstarrt. Und doch ist es wahr, daß wir gerade in Notlagen noch besser als sonst auf Josefinens Stimme horchen. Die Drohungen, die über uns stehen, machen uns stiller, bescheidener, für Josefinens Befehlshaberei gefügiger; gern kommen wir zusammen, gern drängen wir uns aneinander, besonders weil es bei einem Anlaß geschieht, der ganz abseits liegt von der quälenden Hauptsache; es ist, als tränken wir noch schnell – ja, Eile ist nötig, das vergißt Josefine allzuoft – gemeinsam einen Becher des Friedens vor dem Kampf. Es ist nicht so sehr eine Gesangsvorführung als vielmehr eine Volksversammlung, und zwar eine Versammlung, bei der es bis auf das kleine Pfeifen vorne völlig still ist; viel zu ernst ist die Stunde, als daß man sie verschwätzen wollte.

Ein solches Verhältnis könnte nun freilich Josefine gar nicht befriedigen. Trotz all ihres nervösen Mißbehagens, welches Josefine wegen ihrer niemals ganz geklärten Stellung erfüllt, sieht sie doch, verblendet von ihrem Selbstbewußtsein, manches nicht und kann ohne große Anstrengung dazu gebracht werden, noch viel mehr zu übersehen, ein Schwarm von Schmeichlern ist in diesem Sinne, also eigentlich in einem allgemein nützlichen Sinne, immerfort tätig, – aber nur nebenbei, unbeachtet, im Winkel einer Volksversammlung zu singen, dafür würde sie, trotzdem es an sich gar nicht wenig wäre, ihren Gesang gewiß nicht opfern.

Aber sie muß es auch nicht, denn ihre Kunst bleibt nicht unbeachtet. Trotzdem wir im Grunde mit ganz anderen Dingen beschäftigt sind und die Stille durchaus nicht nur dem Gesange zuliebe herrscht und mancher gar nicht aufschaut, sondern das Gesicht in den Pelz des Nachbars drückt und Josefine also dort oben sich vergeblich abzumühen scheint, dringt doch – das ist nicht zu leugnen – etwas von ihrem Pfeifen unweigerlich auch zu uns. Dieses Pfeifen, das sich erhebt, wo allen anderen Schweigen auferlegt ist, kommt fast wie eine Botschaft des Volkes zu dem Einzelnen; das dünne Pfeifen Josefinens mitten in den schweren Entscheidungen ist fast wie die armselige Existenz unseres Volkes mitten im Tumult der feindlichen Welt. Josefine behauptet sich, dieses Nichts an Stimme, dieses Nichts an Leistung behauptet sich und schafft sich den Weg zu uns, es tut wohl, daran zu denken. Einen wirklichen Gesangskünstler, wenn einer einmal sich unter uns finden sollte, würden wir in solcher Zeit gewiß nicht ertragen und die Unsinnigkeit einer solchen Vorführung einmütig abweisen. Möge Josefine beschützt werden vor der Erkenntnis, daß die Tatsache, daß wir ihr zuhören, ein Beweis gegen ihren Gesang ist. Eine Ahnung dessen hat sie wohl, warum würde sie sonst so leidenschaftlich leugnen, daß wir ihr zuhören, aber immer wieder singt sie, pfeift sie sich über diese Ahnung hinweg.

Aber es gäbe auch sonst noch immer einen Trost für sie: wir hören ihr doch auch gewissermaßen wirklich zu, wahrscheinlich ähnlich, wie man einem Gesangskünstler zuhört; sie erreicht Wirkungen, die ein Gesangskünstler vergeblich bei uns anstreben würde und die nur gerade ihren unzureichenden Mitteln verliehen sind. Dies hängt wohl hauptsächlich mit unserer Lebensweise zusammen.

In unserem Volke kennt man keine Jugend, kaum eine winzige Kinderzeit. Es treten zwar regelmäßig Forderungen auf, man möge den Kindern eine besondere Freiheit, eine besondere Schonung gewährleisten, ihr Recht auf ein wenig Sorglosigkeit, ein wenig sinnloses Sichherumtummeln, auf ein wenig Spiel, dieses Recht möge man anerkennen und ihm zur Erfüllung verhelfen; solche Forderungen treten auf und fast jedermann billigt sie, es gibt nichts, was mehr zu billigen wäre, aber es gibt auch nichts, was in der Wirklichkeit unseres Lebens weniger zugestanden werden könnte, man billigt die Forderungen, man macht Versuche in ihrem Sinn, aber bald ist wieder alles beim Alten. Unser Leben ist eben derart, daß ein Kind, sobald es nur ein wenig läuft und die Umwelt ein wenig unterscheiden kann, ebenso für sich sorgen muß wie ein Erwachsener; die Gebiete, auf denen wir aus wirtschaftlichen Rücksichten zerstreut leben müssen, sind zu groß, unserer Feinde sind zu viele, die uns überall bereiteten Gefahren zu unberechenbar – wir können die Kinder vom Existenzkampfe nicht fernhalten, täten wir es, es wäre ihr vorzeitiges Ende. Zu diesen traurigen Gründen kommt freilich auch ein erhebender: die Fruchtbarkeit unseres Stammes. Eine Generation – und jede ist zahlreich

– drängt die andere, die Kinder haben nicht Zeit, Kinder zu sein. Mögen bei anderen Völkern die Kinder sorgfältig gepflegt werden, mögen dort Schulen für die Kleinen errichtet sein, mögen dort aus diesen Schulen täglich die Kinder strömen, die Zukunft des Volkes, so sind es doch immer lange Zeit Tag für Tag die gleichen Kinder, die dort hervorkommen. Wir haben keine Schulen, aber aus unserem Volke strömen in allerkürzesten Zwischenräumen die unübersehbaren Scharen unserer Kinder, fröhlich zischend oder piepsend, solange sie noch nicht pfeifen können, sich wälzend oder kraft des Druckes weiterrollend, solange sie noch nicht laufen können, täppisch durch ihre Masse alles mit sich fortreißend, solange sie noch nicht sehen können, unsere Kinder! Und nicht wie in jenen Schulen die gleichen Kinder, nein, immer, immer wieder neue, ohne Ende, ohne Unterbrechung, kaum erscheint ein Kind, ist es nicht mehr Kind, aber schon drängen hinter ihm die neuen Kindergesichter ununterscheidbar in ihrer Menge und Eile, rosig vor Glück. Freilich, wie schön dies auch sein mag und wie sehr uns andere darum auch mit Recht beneiden mögen, eine wirkliche Kinderzeit können wir eben unseren Kindern nicht geben. Und das hat seine Folgewirkungen. Eine gewisse unerstorbene, unausrottbare Kindlichkeit durchdringt unser Volk; im geraden Widerspruch zu unserem Besten, dem untrüglichen praktischen Verstande, handeln wir manchmal ganz und gar töricht, und zwar eben in der Art, wie Kinder töricht handeln, sinnlos, verschwenderisch, großzügig, leichtsinnig und dies alles oft einem kleinen Spaß zuliebe. Und wenn unsere Freude darüber natürlich nicht mehr die volle Kraft der Kinderfreude haben kann, etwas von dieser lebt darin noch gewiß. Von dieser Kindlichkeit unseres Volkes profitiert seit jeher auch Josefine.

Aber unser Volk ist nicht nur kindlich, es ist gewissermaßen auch vorzeitig alt, Kindheit und Alter machen sich bei uns anders als bei anderen. Wir haben keine Jugend, wir sind gleich Erwachsene, und Erwachsene sind wir dann zu lange, eine gewisse Müdigkeit und Hoffnungslosigkeit durchzieht von da aus mit breiter Spur das im ganzen doch so zähe und hoffnungsstarke Wesen unseres Volkes. Damit hängt wohl auch unsere Unmusikalität zusammen; wir sind zu alt für Musik, ihre Erregung, ihr Aufschwung paßt nicht für unsere Schwere, müde winken wir ihr ab; wir haben uns auf das Pfeifen zurückgezogen; ein wenig Pfeifen hie und da, das ist das Richtige für uns. Wer weiß, ob es nicht Musiktalente unter uns gibt; wenn es sie aber gäbe, der Charakter der Volksgenossen müßte sie noch vor ihrer Entfaltung unterdrücken. Dagegen mag Josefine nach ihrem Belieben pfeifen oder singen oder wie sie es nennen will, das stört uns nicht, das entspricht uns, das können wir wohl vertragen; wenn darin etwas von Musik enthalten sein sollte, so ist es auf die möglichste Nichtigkeit reduziert; eine gewisse Musiktradition wird gewahrt, aber ohne daß uns dies im geringsten beschweren würde.

Aber Josefine bringt diesem so gestimmten Volke noch mehr. Bei ihren Konzerten, besonders in ernster Zeit, haben nur noch die ganz Jungen Interesse an der Sängerin als solcher, nur sie sehen mit Staunen zu, wie sie ihre Lippen kräuselt, zwischen den niedlichen Vorderzähnen die Luft ausstößt, in Bewunderung der Töne, die sie selbst hervorbringt, erstirbt und dieses Hinsinken benützt, um sich zu neuer, ihr immer unverständlicher werdender Leistung anzufeuern, aber die eigentliche Menge hat sich – das ist deutlich zu erkennen – auf sich selbst zurückgezogen. Hier in den dürftigen Pausen zwischen den Kämpfen träumt das Volk, es ist, als lösten sich dem Einzelnen die Glieder, als dürfte sich der Ruhelose einmal nach seiner Lust im großen warmen Bett des Volkes dehnen und strecken. Und in diese Träume klingt hie und da Josefinens Pfeifen; sie nennt es perlend, wir nennen es stoßend; aber jedenfalls ist es hier an seinem Platze, wie nirgends sonst, wie Musik kaum jemals den auf sie wartenden Augenblick findet. Etwas von der armen kurzen Kindheit ist darin, etwas von verlorenem, nie wieder aufzufindendem Glück, aber auch etwas vom tätigen heutigen Leben ist darin, von seiner kleinen, unbegreiflichen und dennoch bestehenden und nicht zu ertötenden Munterkeit. Und dies alles ist wahrhaftig nicht mit großen Tönen gesagt, sondern leicht, flüsternd, vertraulich, manchmal ein wenig heiser. Natürlich ist es ein Pfeifen. Wie denn nicht? Pfeifen ist die Sprache unseres Volkes, nur pfeift mancher sein Leben lang und weiß es nicht, hier aber ist das Pfeifen freigemacht von den Fesseln des täglichen Lebens und befreit auch uns für eine kurze Weile. Gewiß, diese Vorführungen wollten wir nicht missen.

Aber von da bis zu Josefinens Behauptung, sie gebe uns in solchen Zeiten neue Kräfte usw. usw., ist noch ein sehr weiter Weg. Für gewöhnliche Leute allerdings, nicht für Josefinens Schmeichler. »Wie könnte es anders sein« – sagen sie in recht unbefangener Keckheit – »wie könnte man anders den großen Zulauf, besonders unter unmittelbar drängender Gefahr, erklären, der schon manchmal sogar die genügende, rechtzeitige Abwehr eben dieser Gefahr verhindert hat.« Nun, dies letztere ist leider richtig, gehört aber doch nicht zu den Ruhmestiteln Josefinens, besonders wenn man hinzufügt, daß, wenn solche Versammlungen unerwartet vom Feind gesprengt wurden, und mancher der unserigen dabei sein Leben lassen mußte, Josefine, die alles verschuldet, ja, durch ihr Pfeifen den Feind vielleicht angelockt hatte, immer im Besitz des sichersten Plätzchens war und unter dem Schutze ihres Anhanges sehr still und eiligst als erste verschwand. Aber auch dieses wissen im Grunde alle, und dennoch eilen sie wieder hin, wenn Josefine nächstens nach ihrem Belieben irgendwo, irgendwann zum Gesange sich erhebt. Daraus könnte man schließen, daß Josefine fast außerhalb des Gesetzes steht, daß sie tun darf, was sie will, selbst wenn es die Gesamtheit gefährdet, und daß ihr alles verziehen wird. Wenn dies so wäre, dann wären auch Josefinens Ansprüche völlig verständlich, ja, man könnte gewissermaßen in dieser Freiheit, die ihr das Volk geben würde, in diesem außerordentlichen, niemand sonst gewährten, die Gesetze eigentlich widerlegenden Geschenk ein Eingeständnis dessen sehen, daß das Volk Josefine, wie sie es behauptet, nicht versteht, ohnmächtig ihre Kunst anstaunt, sich ihrer nicht würdig fühlt, dieses Leid, das es Josefine tut, durch eine geradezu verzweifelte Leistung auszugleichen strebt und, so wie ihre Kunst außerhalb seines Fassungsvermögens ist, auch ihre Person und deren Wünsche außerhalb seiner Befehlsgewalt stellt. Nun, das ist allerdings ganz und gar nicht richtig, vielleicht kapituliert im einzelnen das Volk zu schnell vor Josefine, aber wie es bedingungslos vor niemandem kapituliert, also auch nicht vor ihr.

Schon seit langer Zeit, vielleicht schon seit Beginn ihrer Künstlerlaufbahn, kämpft Josefine darum, daß sie mit Rücksicht auf ihren Gesang von jeder Arbeit befreit werde; man solle ihr also die Sorge um das tägliche Brot und alles, was sonst mit unserem Existenzkampf verbunden ist, abnehmen und es – wahrscheinlich – auf das Volk als Ganzes überwälzen. Ein schnell Begeisterter – es fanden sich auch solche – könnte schon allein aus der Sonderbarkeit dieser Forderung, aus der Geistesverfassung, die eine solche Forderung auszudenken imstande ist, auf deren innere Berechtigung schließen. Unser Volk zieht aber andere Schlüsse, und lehnt ruhig die Forderung ab. Es müht sich auch mit der Widerlegung der Gesuchsbegründung nicht sehr ab. Josefine weist z. B. darauf hin, daß die Anstrengung bei der Arbeit ihrer Stimme schade, daß zwar die Anstrengung bei der Arbeit gering sei im Vergleich zu jener beim Gesang, daß sie ihr aber doch die Möglichkeit nehme, nach dem Gesang sich genügend auszuruhen und für neuen Gesang sich zu stärken, sie müsse sich dabei gänzlich erschöpfen und könne trotzdem unter diesen Umständen ihre Höchstleistung niemals erreichen. Das Volk hört sie an und geht darüber hinweg. Dieses so leicht zu rührende Volk ist manchmal gar nicht zu rühren. Die Abweisung ist manchmal so hart, daß selbst Josefine stutzt, sie scheint sich zu fügen, arbeitet wie sichs gehört, singt so gut sie kann, aber das alles nur eine Weile, dann nimmt sie den Kampf mit neuen Kräften – dafür scheint sie unbeschränkt viele zu haben – wieder auf.

Nun ist es ja klar, daß Josefine nicht eigentlich das anstrebt, was sie wörtlich verlangt. Sie ist vernünftig, sie scheut die Arbeit nicht, wie ja Arbeitsscheu überhaupt bei uns unbekannt ist, sie würde auch nach Bewilligung ihrer Forderung gewiß nicht anders leben als früher, die Arbeit würde ihrem Gesang gar nicht im Wege stehn, und der Gesang allerdings würde auch nicht schöner werden – was sie anstrebt, ist also nur die öffentliche, eindeutige, die Zeiten überdauernde, über alles bisher Bekannte sich weit erhebende Anerkennung ihrer Kunst. Während ihr aber fast alles andere erreichbar scheint, versagt sich ihr dieses hartnäkkig. Vielleicht hätte sie den Angriff gleich anfangs in andere Richtung lenken sollen, vielleicht sieht sie jetzt selbst den Fehler ein, aber nun kann sie nicht mehr zurück, ein Zurückgehen hieße sich selbst untreu werden, nun muß sie schon mit dieser Forderung stehen oder fallen.

Hätte sie wirklich Feinde, wie sie sagt, sie könnten diesem Kampfe, ohne selbst den Finger rühren zu müssen, belustigt zusehen. Aber sie hat keine Feinde, und selbst wenn mancher hie und da Einwände gegen sie hat, dieser Kampf belustigt niemanden. Schon deshalb nicht, weil sich hier das Volk in seiner kalten richterlichen Haltung zeigt, wie man es sonst bei uns nur sehr selten sieht. Und wenn einer auch diese Haltung in diesem Falle billigen mag, so schließt doch die bloße Vorstellung, daß sich einmal das Volk ähnlich gegen ihn selbst verhalten könnte, jede Freude aus. Es handelt sich eben auch bei der Abweisung, ähnlich wie bei der Forderung, nicht um die Sache selbst, sondern darum, daß sich das Volk gegen einen Volksgenossen derart undurchdringlich abschließen kann und um so undurchdringlicher, als es sonst für eben diesen Genossen väterlich und mehr als väterlich, demütig sorgt.

Stünde hier an Stelle des Volkes ein Einzelner: man

könnte glauben, dieser Mann habe die ganze Zeit über Josefine nachgegeben unter dem fortwährenden brennenden Verlangen endlich der Nachgiebigkeit ein Ende zu machen; er habe übermenschlich viel nachgegeben im festen Glauben, daß das Nachgeben trotzdem seine richtige Grenze finden werde; ja, er habe mehr nachgegeben als nötig war, nur um die Sache zu beschleunigen, nur, um Josefine zu verwöhnen und zu immer neuen Wünschen zu treiben, bis sie dann wirklich diese letzte Forderung erhob; da habe er nun freilich, kurz, weil längst vorbereitet, die endgültige Abweisung vorgenommen. Nun, so verhält es sich ganz gewiß nicht, das Volk braucht solche Listen nicht, außerdem ist seine Verehrung für Josefine aufrichtig und erprobt und Josefinens Forderung ist allerdings so stark, daß jedes unbefangene Kind ihr den Ausgang hätte voraussagen können; trotzdem mag es sein, daß in der Auffassung, die Josefine von der Sache hat, auch solche Vermutungen mitspielen und dem Schmerz der Abgewiesenen eine Bitternis hinzufügen.

Aber mag sie auch solche Vermutungen haben, vom Kampf abschrecken läßt sie sich dadurch nicht. In letzter Zeit verschärft sich sogar der Kampf; hat sie ihn bisher nur durch Worte geführt, fängt sie jetzt an, andere Mittel anzuwenden, die ihrer Meinung nach wirksamer, unserer Meinung nach für sie selbst gefährlicher sind.

Manche glauben, Josefine werde deshalb so dringlich, weil sie sich alt werden fühle, die Stimme Schwächen zeige, und es ihr daher höchste Zeit zu sein scheine, den letzten Kampf um ihre Anerkennung zu führen. Ich glaube daran nicht. Josefine wäre nicht Josefine, wenn dies wahr wäre. Für sie gibt es kein Altern und keine Schwächen ihrer Stimme. Wenn sie etwas fordert, so wird sie nicht durch äußere Dinge, sondern durch innere Folgerichtigkeit dazu gebracht. Sie greift nach dem höchsten Kranz, nicht, weil er im Augenblick gerade ein wenig tiefer hängt, sondern weil es der höchste ist; wäre es in ihrer Macht, sie würde ihn noch höher hängen.

Diese Mißachtung äußerer Schwierigkeiten hindert sie allerdings nicht, die unwürdigsten Mittel anzuwenden. Ihr Recht steht ihr außer Zweifel; was liegt also daran, wie sie es erreicht; besonders da doch in dieser Welt, so wie sie sich ihr darstellt, gerade die würdigen Mittel versagen müssen. Vielleicht hat sie sogar deshalb den Kampf um ihr Recht aus dem Gebiet des Gesanges auf ein anderes ihr wenig teures verlegt. Ihr Anhang hat Aussprüche von ihr in Umlauf gebracht, nach denen sie sich durchaus fähig fühlt, so zu singen, daß es dem Volk in allen seinen Schichten bis in die versteckteste Opposition hinein eine wirkliche Lust wäre, wirkliche Lust nicht im Sinne des Volkes, welches ja behauptet, diese Lust seit jeher bei Josefinens Gesang zu fühlen, sondern Lust im Sinne von Josefinens Verlangen. Aber, fügt sie hinzu, da sie das Hohe nicht fälschen und dem Gemeinen nicht schmeicheln könne, müsse es eben bleiben, wie es sei. Anders aber ist es bei ihrem Kampf um die Arbeitsbefreiung, zwar ist es auch ein Kampf um ihren Gesang, aber hier kämpft sie nicht unmittelbar mit der kostbaren Waffe des Gesanges, jedes Mittel, das sie anwendet, ist daher gut genug.

So wurde z. B. das Gerücht verbreitet, Josefine beabsichtige, wenn man ihr nicht nachgebe, die Koloraturen zu kürzen. Ich weiß nichts von Koloraturen, habe in ihrem Gesange niemals etwas von Koloraturen bemerkt. Josefine aber will die Koloraturen kürzen, vorläufig nicht beseitigen, sondern nur kürzen. Sie hat angeblich ihre Drohung wahr gemacht, mir allerdings ist kein Unterschied gegenüber ihren früheren Vorführungen aufgefallen. Das Volk als Ganzes hat zugehört wie immer, ohne sich über die Koloraturen zu äußern, und auch die Behandlung von Josefinens Forderung hat sich nicht geändert. Übrigens hat Josefine, wie in ihrer Gestalt, unleugbar auch in ihrem Denken manchmal etwas recht Graziöses. So hat sie z. B. nach jener Vorführung, so als sei ihr Entschluß hinsichtlich der Koloraturen gegenüber dem Volk zu hart oder zu plötzlich gewesen, erklärt, nächstens werde sie die Koloraturen doch wieder vollständig singen. Aber nach dem nächsten Konzert besann sie sich wieder anders, nun sei es endgültig zu Ende mit den großen Koloraturen, und vor einer für Josefine günstigen Entscheidung kämen sie nicht wieder. Nun, das Volk hört über alle diese Erklärungen, Entschlüsse und Entschlußänderungen hinweg, wie ein Erwachsener in Gedanken über das Plaudern eines Kindes hinweghört, grundsätzlich wohlwollend, aber unerreichbar.

Josefine aber gibt nicht nach. So behauptete sie z. B. neulich, sie habe sich bei der Arbeit eine Fußverletzung zugezogen, die ihr das Stehen während des Gesanges beschwerlich mache; da sie aber nur stehend singen könne, müsse sie jetzt sogar die Gesänge kürzen. Trotzdem sie hinkt und sich von ihrem Anhang stützen läßt, glaubt niemand an eine wirkliche Verletzung. Selbst die besondere Empfindlichkeit ihres Körperchens zugegeben, sind wir doch ein Arbeitsvolk und auch Josefine gehört zu ihm; wenn wir aber wegen jeder Hautabschürfung hinken wollten, dürfte das ganze Volk mit Hinken gar nicht aufhören. Aber mag sie sich wie eine Lahme führen lassen, mag sie sich in diesem bedauernswerten Zustand öfters zeigen als sonst, das Volk hört ihren Gesang dankbar und entzückt wie früher, aber wegen der Kürzung macht es nicht viel Aufhebens.

Da sie nicht immerfort hinken kann, erfindet sie etwas anderes, sie schützt Müdigkeit vor, Mißstimmung, Schwäche. Wir haben nun außer dem Konzert auch ein Schauspiel. Wir sehen hinter Josefine ihren Anhang, wie er sie bittet und beschwört zu singen. Sie wollte gern, aber sie kann nicht. Man tröstet sie, umschmeichelt sie, trägt sie fast auf den schon vorher ausgesuchten Platz, wo sie singen soll. Endlich gibt sie mit undeutbaren Tränen nach, aber wie sie mit offenbar letztem Willen zu singen anfangen will, matt, die Arme nicht wie sonst ausgebreitet, sondern am Körper leblos herunterhängend, wobei man den Eindruck erhält, daß sie vielleicht ein wenig zu kurz sind – wie sie so anstimmen will, nun, da geht es doch wieder nicht, ein unwilliger Ruck des Kopfes zeigt es an und sie sinkt vor unseren Augen zusammen. Dann allerdings rafft sie sich doch wieder auf und singt, ich glaube, nicht viel anders als sonst, vielleicht wenn man für feinste Nuancen das Ohr hat, hört man ein wenig außergewöhnliche Erregung heraus, die der Sache aber nur zugute kommt. Und am Ende ist sie sogar weniger müde als vorher, mit festem Gang, soweit man ihr huschendes Trippeln so nennen kann, entfernt sie sich, jede Hilfe des Anhangs ablehnend und mit kalten Blicken die ihr ehrfurchtsvoll ausweichende Menge prüfend.

So war es letzthin, das Neueste aber ist, daß sie zu einer Zeit, wo ihr Gesang erwartet wurde, verschwunden war. Nicht nur der Anhang sucht sie, viele stellen sich in den Dienst des Suchens, es ist vergeblich; Josefine ist verschwunden, sie will nicht singen, sie will nicht einmal darum gebeten werden, sie hat uns diesmal völlig verlassen.

Sonderbar, wie falsch sie rechnet, die Kluge, so falsch, daß man glauben sollte, sie rechne gar nicht, sondern werde nur weiter getrieben von ihrem Schicksal, das in unserer Welt nur ein sehr trauriges werden kann. Selbst entzieht sie sich dem Gesang, selbst zerstört sie die Macht, die sie über die Gemüter erworben hat. Wie konnte sie nur diese Macht erwerben, da sie diese Gemüter so wenig kennt. Sie versteckt sich und singt nicht, aber das Volk, ruhig, ohne sichtbare Enttäuschung, herrisch, eine in sich ruhende Masse, die förmlich, auch wenn der Anschein dagegen spricht, Geschenke nur geben, niemals empfangen kann, auch von Josefine nicht, dieses Volk zieht weiter seines Weges.

Mit Josefine aber muß es abwärts gehn. Bald wird die Zeit kommen, wo ihr letzter Pfiff ertönt und verstummt. Sie ist eine kleine Episode in der ewigen Geschichte unseres Volkes und das Volk wird den Verlust überwinden. Leicht wird es uns ja nicht werden; wie werden die Versammlungen in völliger Stummheit möglich sein? Freilich, waren sie nicht auch mit Josefine stumm? War ihr wirkliches Pfeifen nennenswert lauter und lebendiger, als die Erinnerung daran sein wird? War es denn noch bei ihren Lebzeiten mehr als eine bloße Erinnerung? Hat nicht vielmehr das Volk in seiner Weisheit Josefinens Gesang, eben deshalb, weil er in dieser Art unverlierbar war, so hoch gestellt?

Vielleicht werden wir also gar nicht sehr viel entbehren, Josefine aber, erlöst von der irdischen Plage, die aber ihrer Meinung nach Auserwählten bereitet ist, wird fröhlich sich verlieren in der zahllosen Menge der Helden unseres Volkes, und bald, da wir keine Geschichte treiben, in gesteigerter Erlösung vergessen sein wie alle ihre Brüder.

Zu dieser Ausgabe

Der vorliegende Band enthält von Kafka selbst veröffentlichte und von Max Brod aus Kafkas Nachlaß publizierte Prosatexte, die – von zwei Ausnahmen abgesehen, den 1914 im Zusammenhang mit der Arbeit am *Proceß* verfaßten *Ein Traum* und *Vor dem Gesetz* – in der Zeit zwischen Ende 1916 und 1924 entstanden sind. Der Hauptteil der zu Lebzeiten gedruckten Texte findet sich in den beiden letzten Buchpublikationen Kafkas, *Ein Landarzt* und *Ein Hungerkünstler*, beides Sammelbände, die vierzehn und vier Prosastücke enthalten. Die in den *Hungerkünstler*-Band aufgenommene Erzählung *Josefine, die Sängerin oder Das Volk der Mäuse* gilt als letztes von Kafka vollendetes Werk. Er las für den Band noch Korrektur, sein Erscheinen – im August 1924 – erlebte er aber nicht mehr.

Brod begann bald nach Kafkas Tod, Texte aus dem Nachlaß zu veröffentlichen. Den Anfang machten die drei Romane *Der Proceß*, *Das Schloß* und *Amerika* (*Der Verschollene*), die von 1925 an jeweils im Abstand von einem Jahr erschienen. An die editorisch oft anspruchsvollere Aufgabe, aus den Heften, in denen Kafka vorwiegend schrieb, die kürzeren, für eine Veröffentlichung geeigneten Prosatexte zu sichten, machte sich Brod erst Ende der zwanziger Jahre. 1931 erschien im Berliner Kiepenheuer Verlag der von ihm gemeinsam mit Hans Joachim Schoeps herausgegebene Band *Beim Bau der chinesischen Mauer. Ungedruckte Erzählungen und Prosa aus dem Nachlaß*, der neunzehn Erzählungen Kafkas enthält. Brod legte dann im Rahmen der von ihm herausgegeben Gesamtausgabe der Werke Kafkas 1936 den Band *Beschreibung eines Kampfes. Novellen, Skizzen, Aphorismen. Aus dem Nachlaß* vor und schließlich 1953 den Band *Hochzeitsvorbereitungen auf dem Lande und andere Prosa aus dem Nachlaß*. Für diese Publikationen wurden die Texte Kafkas von Brod in vielfacher Hinsicht bearbeitet: Interpunktion und Orthographie wurden normalisiert, gewisse regionale Sprachformen – Austriazismen und Pragismen – geglättet; Brod griff aber auch in die Textgestalt ein, um eine lesbare Fassung herzustellen, und ergänzte fehlende Überschriften und Titel. Das Ausmaß seiner Eingriffe kann heute durch einen Vergleich der von ihm betreuten Nachlaßtexte mit den in der Kritischen Kafka-Ausgabe edierten *Nachgelassenen Schriften und Fragmente I/II* dokumentiert werden.

In den Bänden der Kritischen Ausgabe versuchen die Herausgeber auch, die einzelnen Texte, soweit dies möglich ist, zu datieren. Wie erwähnt, schrieb Kafka bevorzugt in Heften, von Ende 1916 bis etwa 1918 auch in kleinformatigen »Oktavheften«, die man bequem mit sich führen konnte. (Die erhaltenen Hefte wurden von der Kafka-Forschung zur Unterscheidung mit Buchstaben sigliert.) In den meisten Fällen läßt sich ermitteln, wann Kafka ein bestimmtes Heft führte und wann dieses Heft vollgeschrieben war. Aus der Position eines Textes in einem solchen Heft kann man dann Rückschlüsse auf die Zeit seiner Entstehung ziehen. Eine Anzahl von Texten ist auch innerhalb eines Konvoluts von losen Blättern überliefert, die aus der Zeit von September bis Spätjahr 1920 stammen (»Konvolut 1920«). Schwieriger ist die Datierung von gedruckten Texten, bei denen die Handschrift nicht erhalten ist (es ist zu vermuten, daß zumindest ein komplettes Oktavheft, in dem einige dieser Stücke gestanden haben dürften, verlorenging). In diesen Fällen ist man auf andere Indizien angewiesen: auf Briefe oder Tagebuchaufzeichnungen, in denen die Titel der Texte erwähnt werden, oder – wie beim *Landarzt*-Band – auf zwei Titellisten, die sich annähernd datieren lassen (siehe S. 145).

Die Nachlaßtexte werden hier in der Chronologie ihrer – mutmaßlichen – Entstehung abgedruckt.

Zu den einzelnen Texten

Ein Landarzt

Franz Kafka: Ein Landarzt. Kleine Erzählungen. München/Leipzig: Kurt Wolff, 1919 [ersch. Mai 1920]. [Widmungsinschrift auf dem Vorsatzblatt:] Meinem Vater. [Textgrundlage.]

Druckgeschichte: Der Winter 1916/17 war für Kafka eine besonders fruchtbare Schaffensperiode. Max Brod setzte offenbar Kurt Wolff, in dessen Verlag schon mehrere Bücher Kafkas erschienen waren, im Juni 1917 davon in Kenntnis, daß der Autor über eine Reihe neuer Manuskripte verfügte. Wolff wandte sich am 3. Juli in einem Brief an Kafka und bat ihn, die »neuen Arbeiten in einer Maschinenabschrift [zu] schicken« (Wo 42). Kafka kam dieser Aufforderung am 7. Juli nach. Er schrieb an Wolff: »Mir war in diesem Winter, der allerdings schon wieder vorüber ist, ein wenig leichter. Etwas von dem Brauchbaren aus dieser Zeit schicke ich, dreizehn Prosastücke. Es ist weit von dem, was ich wirklich will.« (Wo 42) Wolff erklärte am 20. Juli, daß er die Texte »ganz außerordentlich schön und reif« fände, und fragte, ob Kafka mit einer »verlegerischen Verwertung« einverstanden sei (Wo 43). Dieser stimmte zu und lieferte noch zwei weitere Stücke nach: *Vor dem Gesetz* und *Ein Traum*. Die Drucklegung verzögerte sich aber, was der Verlag mit Herstellungsschwierigkeiten begründete, wie sie aufgrund einer allgemeinen Personal- und Materialknappheit gegen Ende des Krieges tatsächlich auftraten. Keinesfalls sei »Interesselosigkeit« der Grund dafür (Wo 46). Im Januar 1918 war der Text gesetzt, so daß der Autor Korrektur lesen konnte. In einem Brief vom 27. Januar 1918 bat Kafka eindringlich, daß man sich in der Anordnung der einzelnen Stücke an seine Wünsche halten solle, erinnerte daran, daß er noch keine Korrektur des Titels erhalten habe, und bat ein Widmungsblatt mit der Inschrift »Meinem Vater« einzuschalten (Wo 46 f.). Am 29. Januar versicherte man ihm, daß man all dies berücksichtigen werde, und kündigte an, daß er demnächst »Revision« erhalten werde (Wo 47). Tatsächlich aber hörte er dann lange Zeit nichts mehr über das Projekt. Erst am 13. September 1918 erhielt er einen Brief, in dem der Verlag erneut auf die allgemeinen »Schwierigkeiten der Buchherstellung« hinwies. Was den *Landarzt* betreffe, so habe die »Druckerei nicht aussetzen [können], da sie nicht über genügend Schriftmaterial in dieser Type« verfüge (Wo 48). Aus diesem Brief geht aber auch hervor, daß man mit den Manuskripten Kafkas recht sorglos umgegangen war. Die verworfene Vorfassung von *Ein Brudermord* mit dem Titel *Ein Mord* hatte man an den Anfang des gesamten Bandes gestellt, das Manuskript von *Ein Traum* war verlorengegangen. In einem an den »geehrten Verlag« gerichteten Brief vom 1. Oktober 1918 korrigierte Kafka diese Fehler, er fügte eine neue Abschrift von *Ein Traum* bei (Wo 49). Dann begann für ihn eine neue Periode des Wartens, in der er vom Schicksal seines Buches nur durch andere – vor allem durch Brod – erfuhr. Vermutlich gegen Ende des Jahres 1919 erhielt er erneut Korrekturabzüge. Die Jahreszahl 1919 auf dem Titelblatt strich er; tatsächlich wurde der Band erst im Mai 1920 ausgeliefert – fast drei Jahre lagen somit zwischen der Einsendung der Manuskripte und dem Erscheinen des fertigen Buches. Zahlreiche der in ihm enthaltenen Texte waren in der Zwischenzeit schon in Zeitungen, Almanachen u. ä. erschienen.

Bereits Anfang des Jahres 1917 stellte Kafka einige der im Winter 1916/17 entstandenen Texte – und die beiden älteren, *Ein Traum* und *Vor dem Gesetz* – für die mögliche Publikation in einem Sammelband zusammen. Er legte zwei Listen an, in denen er die Texte in eine Reihenfolge brachte. Die erste dieser Titellisten stammt vermutlich vom Februar 1917, die zweite vom März oder April des Jahres:

	Titelliste 1 (»Oktavheft B«)	Titelliste 2 (»Oktavheft C«)
?	Auf der Gallerie	Ein Traum
?	[Kastengeist]	Vor dem Gesetz
	Kübelreiter	Eine kaiserliche Botschaft
?	[Ein Reiter]	Die kurze Zeit
?	[Ein Kaufmann]	Ein altes Blatt
	Ein Landarzt	Schakale und Araber
	Traum	Auf der Gallerie
	Vor dem Gesetz	Der Kübelreiter
	Ein Brudermord	Ein Landarzt
	[Die] Schakale und Araber	Der neue Advokat
	Der neue Advokat	Ein Brudermord
		Elf Söhne
	(KKAN 1 App.-Bd. 81 f.)	(KKAN 1 App.-Bd. 84)

Der neue Advokat

Entstehung: vermutlich Februar 1917. Der Text steht in einem Oktavheft, welches Kafka im Januar/Februar 1917 benutzte. Die Handschrift hat keinen Titel, ihr geht ein längerer Erzählansatz (KKAN 1,324–326) voraus, in dessen Mittelpunkt ebenfalls ein »Advokat Dr. Bucephalas« steht.
Überlieferung: handschriftlich im »Oktavheft B« (KKAN 1, 326 f.). – Erstdruck in: Marsyas. Eine Zweimonatsschrift. Hrsg. von Theodor Tagger. Jg. 1. H. 1 (Juli/August). Berlin: Heinrich Hochstim, 1917. S. 80–82. [Zusammen mit *Ein altes Blatt* und *Ein Brudermord.*]

Ein Landarzt

Entstehung: vermutlich Ende 1916, Anfang 1917. Der Text wird in der ersten Titelliste genannt. In einem Brief an Martin Buber vom 22. April 1917 erwähnt Kafka, daß *Ein Landarzt* bereits bei der Redaktion der Zeitschrift *Marsyas* liege.
Überlieferung: handschriftlich nicht erhalten. – Erstdruck in: Die neue Dichtung. Ein Almanach. Leipzig: Kurt Wolff, 1918. S. 17–26. [Darin auch (S. 72–76) *Ein Mord.*]

Auf der Galerie

Entstehung: vermutlich Ende 1916, Anfang 1917. Der Text wird in der ersten Titelliste genannt.
Überlieferung: handschriftlich nicht erhalten. – Erstdruck in: Ein Landarzt.

Ein altes Blatt

Entstehung: vermutlich März 1917. Der Text findet sich – mit Überschrift – in einem Oktavheft, welches Kafka im Februar/März 1917 benutzte, und steht dort relativ weit hinten.
Überlieferung: handschriftlich im »Oktavheft C« (KKAN 1,358–361). – Erstdruck in: Marsyas [zusammen mit *Der neue Advokat* (s. d.) und *Ein Brudermord*].

Vor dem Gesetz

Entstehung: Dieser Text ist Teil des Romans *Der Proceß*, er findet sich dort im Kapitel »Im Dom«, das in mehreren Arbeitsphasen zwischen der zweiten Septemberhälfte 1914 und dem 13. Dezember 1914 entstand. (Zur näheren Datierung siehe KKAP App.-Bd. 117.)

Überlieferung: handschriftlich innerhalb des *Proceß*-Manuskripts (siehe KKAP 292–295). – Erstdruck in: Selbstwehr (Unabhängige Jüdische Wochenschrift). Jg. 9. Nr. 34 (Neujahrs-Festnummer). Prag, 7. September 1915. S. 2 f.

Schakale und Araber

Entstehung: Der Text findet sich in einem Oktavheft, welches Kafka im Januar/Februar 1917 benutzte. Die Handschrift hat keinen Titel.

Überlieferung: handschriftlich im »Oktavheft B« (KKAN 1, 317–322). – Erstdruck in: Der Jude. Eine Monatsschrift. Hrsg. von Martin Buber. Jg. 2. Berlin (1917/18); Wien (Oktober 1917). S. 488–490.

Ein Besuch im Bergwerk

Entstehung: Der Text ist vermutlich mit dem in der ersten Titelliste unter dem Titel »Kastengeist« aufgeführten identisch. Er könnte demnach Ende 1916, Anfang 1917 entstanden sein.

Überlieferung: handschriftlich nicht erhalten. – Erstdruck in: Ein Landarzt.

Das nächste Dorf

Entstehung: Der Text ist vielleicht mit dem in der ersten Titelliste unter dem Titel »Ein Reiter« aufgeführten identisch. Er könnte dann Ende 1916, Anfang 1917 entstanden sein.

Überlieferung: handschriftlich nicht erhalten. – Erstdruck in: Ein Landarzt.

Eine kaiserliche Botschaft

Entstehung: Es handelt sich um eine Passage, die aus dem längeren fragmentarischen Text *Beim Bau der Chinesischen Mauer* herausgeschnitten wurde, den Brod aus dem Nachlaß veröffentlichte (siehe S. 142). Der Text wurde in einem Oktavheft niedergeschrieben, welches Kafka im Februar/März 1917 verwendete, und steht dort relativ weit vorne; er dürfte also im Februar des Jahres entstanden sein. Der herausgenommenen Passage geht in der Handschrift noch ein Einleitungssatz voraus: »Es gibt eine Sage, die dieses Verhältnis gut ausdrückt.« (KKAN 1,351)

Überlieferung: handschriftlich im »Oktavheft C«. (KKAN 1,337–357). – Erstdruck in: Selbstwehr (Unabhängige Jüdische Wochenschrift). Jg. 13. Nr. 38/39 (Neujahrs-Festnachrichten). Prag, 24. September 1919. S. 4.

Die Sorge des Hausvaters

Entstehung: Es gibt keine Anhaltspunkte für eine genaue Datierung. Der Titel findet sich in keiner Titelliste; der Text muß spätestens im Sommer 1917 entstanden sein.

Überlieferung: handschriftlich nicht erhalten. – Erstdruck in: Selbstwehr (Unabhängige Jüdische Wochenschrift). Jg. 13. Nr. 51/52. Prag, 19. Dezember 1919. S. 5 f.

Elf Söhne

Entstehung: Es gibt keine Anhaltspunkte für eine genaue Datierung. Der Titel findet sich erstmals in der zweiten Titelliste, der Text muß also spätestens April 1917 entstanden sein.

Überlieferung: handschriftlich nicht erhalten. – Erstdruck in: Ein Landarzt.

Ein Brudermord

Entstehung: Es handelt sich um eine bearbeitete Fassung des Textes *Ein Mord.* Diese Vorfassung wurde 1918 zusammen mit *Ein Landarzt* (s. d.) im Almanach *Die neue Dichtung* des Kurt Wolff Verlags veröffentlicht. Die zweite Fassung dürfte jedoch

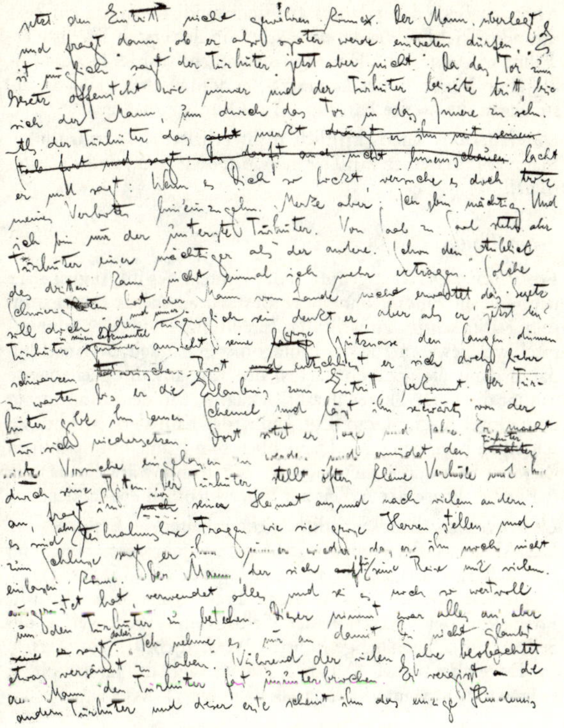

Seite aus dem *Proceß*-Manuskript mit dem Text der Türhütergeschichte: *Vor dem Gesetz*

schon zu Beginn des Jahres 1917 entstanden sein, da ein Text mit dem Titel *Ein Brudermord* schon in der ersten Titelliste erwähnt wird und im Juli 1917 veröffentlicht wurde. Für die Publikation innerhalb des *Landarzt*-Bandes tauschte Kafka die erste gegen die zweite Fassung am 1. Oktober 1918 aus.

Überlieferung: handschriftlich nicht erhalten. – Erstdruck in: Marsyas [zusammen mit *Der neue Advokat* (s. d.) und *Ein altes Blatt*].

Ein Traum

Entstehung: Der Text gehört in das Umfeld des im August 1914 begonnenen *Proceß*, ohne aber Bestandteil dieses Romans zu sein. Kafka schrieb zunächst das Einleitungs- und das Schlußkapitel, welches vom Tod des Protagonisten handelt, im Anschluß daran dann die anderen Partien des Romans. Möglicherweise nimmt die kurze Skizze darauf Bezug: erst in dem Moment, in dem »Josef K.« im Grab liegt, kann »der Künstler« wirklich zu schreiben beginnen (»[. . .] jagte oben sein Name mit mächtigen Zieraten über den Stein«; 41,31 f.). *Ein Traum* wäre demnach in der ersten Phase der Arbeit am *Proceß*-Roman entstanden.

Überlieferung: handschriftlich nicht erhalten. – Erstdruck in: Der Almanach der Neuen Jugend auf das Jahr 1917. Hrsg. von Heinz Barger. Berlin: Verlag Neue Jugend, 1916. S. 172–174. – Wiederabdruck in: Das jüdische Prag. Eine Sammelschrift. Hrsg. von der Redaktion der ›Selbstwehr‹. Prag: Verlag der Selbstwehr (Unabhängige Jüdische Wochenschrift), 1917 [ersch. 15. Dezember 1916]. S. 32 f. – Prager Tagblatt. Jg. 42. Nr. 5. 6. Januar 1917 (Unterhaltungs-Beilage Nr. 1). S. 1.

Ein Bericht für eine Akademie

Entstehung: Der Text füllt die letzten Seiten eines Oktavheftes, das Kafka im März/April 1917 benutzte. Kafka schickte ihn am 22. April des Jahres an Martin Buber. Ein Artikel aus dem *Prager Tagblatt* über einen dressierten Menschenaffen namens »Consul«, der Kafka zu seiner Erzählung inspirierte, erschien am 1. April 1917. Der »Bericht« muß also zwischen dem 1. und dem 22. April geschrieben worden sein. Im Oktavheft hat der Text keine Überschrift. Ihm gehen in demselben Heft eine Reihe von ersten Ansätzen voraus (siehe KKAN 1,384 ff).

Überlieferung: handschriftlich im »Oktavheft D« (KKAN 1, 390–399). – Erstdruck in: Der Jude. Eine Monatsschrift. Hrsg. von Martin Buber. Jg. 2. Berlin (1917/18); Wien (November 1917). S. 559–565.

Der Kübelreiter

Entstehung: vermutlich Januar 1917. Der Text findet sich – mit Überschrift – in einem Oktavheft, das Kafka im Januar/Februar 1917 benutzte. Der Titel wird bereits in der ersten Titelliste zum *Landarzt*-Band aufgeführt. Der Text war ursprünglich zur Aufnahme in diesen Band bestimmt und wurde auch schon dafür gesetzt. Kafka strich ihn in seinem Umbruchexemplar.

Überlieferung: handschriftlich im »Oktavheft B« (KKAN 1,313–316). – Erstdruck in: Prager Presse. Jg. 1. Nr. 270 (Morgen-Ausgabe). Sonntag, 25. Dezember 1921 (Weihnachts-Beilage). S. 22. [Textgrundlage.]

Nachlaßtexte

Textgrundlage sind die jeweils genannten Erstdrucke.

Die Brücke

Entstehung: Januar 1917. Der Text steht – ohne Überschrift – am Anfang eines Oktavheftes, welches Kafka im Januar/Februar 1917 benutzte. Brod überarbeitete den Text für den Druck und ergänzte den Titel, ein Eingriff (59,4 hatte] habe) wurde für die vorliegende Ausgabe rückgängig gemacht.

Überlieferung: handschriftlich im »Oktavheft B« (KKAN 1,304 f.). – Erstdruck in: ChM, 1931.

Der Jäger Gracchus

Entstehung: Im »Oktavheft B« folgen auf die Niederschrift von *Die Brücke* (s. d.) mehrere – ebenfalls im Januar 1917 entstandene – Textpassagen, die vom »Jäger Gracchus« handeln. Brod stellte sie zu einem Text zusammen. In der Handschrift reicht die erste Textpartie von »Zwei Knaben« bis »sagte der Jäger« (60,2–64,27; KKAN 1,305–310). Danach folgt – nach einem Querstrich über die ganze Seite – ein Text, der offenbar in keinem inneren Zusammenhang zu dem *Gracchus*-Fragment steht. Im Anschluß daran ist die Passage »Und nun« bis »bläst« (65,11–17) niedergeschrieben, die Brod an den Schluß seiner Fassung stellte. Darunter steht ein Querstrich über die ganze Seite und ein Neuansatz: »Ich bin der Jäger Gracchus, meine Heimat ist der Schwarzwald in Deutschland.« (KKAN 1,311) Dann folgt nach einem erneuten Querstrich eine längere Passage, die Brod in zwei auflöste und getrennt für seine Fassung verwendete: die Partie von »Niemand wird lesen« bis »seit Jahrhunderten wohne« (64,27–65,8 f.; ein Lesefehler Brods: »schreie also nicht, um Hilfe« statt »schreibe also nicht, um Hilfe« [65,3], wurde für die vorliegende Ausgabe rückgängig gemacht) und die von »Ich liege« bis »Dann geschah« (63,22 f.–64,14), die Brod in den Mittelteil des Textes integrierte, also vorzog. Der Satz »Dann geschah das Unglück« (64,14) findet sich nicht in der Handschrift. Vielmehr bricht die letzte eben beschriebene Textpartie mit den beiden Wörtern »Dann geschah« ab (KKAN 1,313). Darunter folgt – nach einem Querstrich über die ganze Seite – die Erzählung *Der Kübelreiter.* So wie Brod den Text bietet, ist er also in der Handschrift nicht zu finden; es ist zu vermuten, daß die lange Textpartie von »Niemand wird lesen« bis zu dem unvollständig gebliebenen »Dann geschah« (KKAN 1,311–313) einen eigenen Ansatz darstellt, der zwar in einem inneren Zusammenhang mit dem ersten *Gracchus*-Text (KKAN 1,305–311) steht, diesen aber nicht fortführt. Im »Oktavheft D« findet sich ein weiterer Ansatz zu diesem Text, der vermutlich vom April 1917 stammt (KKAN 1,378–384). Ein weiterer Ansatz, der auf den 6. April 1917 datiert ist, steht in einem Tagebuchheft Kafkas (KKAT 810 f.).

Durch die Kontamination zweier Ansätze und die Umstellungen suggeriert Brod eine Geschlossenheit, die der Text nie hatte. Im Grunde existiert dieser gar nicht als ›Text‹, sondern nur als eine Folge verschiedener Ansätze.

Überlieferung: handschriftlich in mehreren – durch Querstrichen voneinander getrennten – Teilen im »Oktavheft B« (KKAN 1,305–313). – Erstdruck in: ChM, 1931.

Beim Bau der Chinesischen Mauer

Entstehung: siehe *Eine kaiserliche Botschaft*, S. 148.

Überlieferung: handschriftlich im »Oktavheft C« (KKAN 1,337–357). – Erstdruck in: ChM, 1931.

Der Schlag ans Hoftor

Entstehung: Der Text findet sich – ohne Überschrift – in einem Oktavheft, welches Kafka im Februar/Marz 1917 benutzte. Er steht dort relativ weit hinten, dürfte also im März entstanden sein. Die beiden Schlußsätze (81,11–13) sind in der Handschrift durch einen Querstrich von dem darüberstehenden Text abgetrennt. Der Titel stammt von Brod.

Überlieferung: handschriftlich im »Oktavheft C« (KKAN 1,361–363). – Erstdruck in: ChM, 1931.

Der Nachbar

Entstehung: März 1917. Dieser Text ist der erste, den Kafka in das »Oktavheft D« eintrug, welches er im März/April 1917 benutzte. Die Überschrift stammt von Brod.

Überlieferung: handschriftlich im »Oktavheft D« (KKAN 1,370–372). – Erstdruck in: ChM, 1931.

Eine Kreuzung

Entstehung: März 1917. Der Text ist der zweite, den Kafka in das »Oktavheft D« eintrug, welches er im März/April 1917 benutzte. Die Überschrift stammt von Kafka. Der Text wurde von Brod bearbeitet: die Passage von »Manchmal« bis »umher« (85,1–9) wurde von Kafka gestrichen, ist aber in den Druck aufgenommen worden. Dasselbe gilt für den Satz »Es muß ... auffordern« (85,12–15). Dem Text folgt in der Handschrift nach einem Querstrich noch ein Nachsatz: »Ein kleiner Junge hatte als einziges Erbstück nach seinem Vater eine Katze und ist durch sie Bürgermeister von London geworden. Was werde ich durch mein Tier werden, mein Erbstück? Wo dehnt sich die riesige Stadt?« (KKAN 1,374)

Überlieferung: handschriftlich im »Oktavheft D« (KKAN 1,372–374). – Erstdruck in: ChM, 1931.

Eine alltägliche Verwirrung

Entstehung: Der Text findet sich im »Oktavheft G«; voraus geht eine auf den 21. [Oktober 1917] datierte Eintragung, später folgt eine auf den 22. [Oktober] datierte. Der Text hat keine Überschrift, Brod orientierte sich bei seiner Titelgebung an der ersten Zeile der Handschrift; allerdings heißt es dort nicht: »Ein alltäglicher Vorfall: sein Ertragen eine alltägliche Verwirrung«, sondern: »... ein alltäglicher Heroismus« (KKAN 2,35). Darüber hinaus weist der Druck kleinere Veränderungen durch den Herausgeber auf.

Überlieferung: handschriftlich im »Oktavheft G« (KKAN 2,35 f.). – Erstdruck in: ChM, 1931.

Das Schweigen der Sirenen

Entstehung: Unter dem Datum 23. [Oktober 1917] findet sich im »Oktavheft G« zunächst der Zusatz »früh im Bett«. Darunter steht die einleitende Bemerkung: »Beweis dessen, daß auch unzulängliche, ja kindische Mittel zur Rettung dienen können.« Daran schließt sich ohne Überschrift der von Brod als *Schweigen der Sirenen* veröffentlichte Text an. Der Druck weist kleinere Eingriffe gegenüber der Handschrift auf; u. a.:

86,26 Sang] Gesang
86,27 alles, und] alles, gar Wachs, und
87,3 Schweigen] Verstummen
87,18 verklangen] erklangen
87,20 förmlich vor seiner Entschlossenheit] ihm förmlich

Überlieferung: handschriftlich im »Oktavheft G« (KKAN 2,40–42). – Erstdruck in: ChM, 1931.

Prometheus

Entstehung: Unter dem Datum 17. [Januar 1918; vermutlich handelte es sich in Wirklichkeit um den 16.] trug Kafka im »Oktavheft G« diesen Text – ohne Überschrift – ein, dem Brod durch Betitelung und einen Eingriff den Charakter einer abgeschlossenen literarischen Skizze verlieh. In der Handschrift beginnt der Text mit der Einleitung: »Die Sage ... enden«, welche Brod ans Ende stellte. Schlußsatz ist also eigentlich: »Blieb das unerklärliche Felsgebirge.« (88,17)

Überlieferung: handschriftlich im »Oktavheft G« (KKAN 2, 69 f.). – Erstdruck in: ChM, 1931.

Zur Frage der Gesetze

Entstehung: August bis Spätjahr 1920. Von Brod für den Druck geringfügig bearbeitet.

Überlieferung: handschriftlich innerhalb des »Konvoluts 1920« (KKAN 2,270–273). – Erstdruck in: ChM, 1931.

Poseidon

Entstehung: August bis Spätjahr 1920. Von Brod für den Druck geringfügig bearbeitet und betitelt. Dem handschriftlichen Text geht folgender Erzählansatz voran: »Im Zirkus wird heute eine große Pantomime, eine Wasserpantomime gespielt, die ganze Manege wird unter Wasser gesetzt werden, Poseidon wird mit seinem Gefolge durch das Wasser jagen, das Schiff des Odysseus wird erscheinen und die Sirenen werden singen, dann wird Venus nackt aus den Fluten steigen womit der Übergang zur Darstellung des Lebens in einem modernen Familienbad gegeben sein wird. Der Direktor, ein weißhaariger alter Herr, aber noch immer der straffe Zirkusreiter, verspricht sich vom Erfolg dieser Pantomime sehr viel. Ein Erfolg ist auch höchst notwendig, das letzte Jahr war sehr schlecht, einige verfehlte Reisen haben große Verluste gebracht. Nun ist man hier im Städtchen.« (KKAN 2,300)

Überlieferung: handschriftlich innerhalb des »Konvoluts 1920« (KKAN 2,300–302). – Erstdruck in: B, 1936.

Das Stadtwappen

Entstehung: vermutlich September 1920.

Überlieferung: Die Textpartie bis »Kampfsucht« (93,17) ist handschriftlich nicht erhalten. Diese Partie wurde von Brod in der Zeitschrift *Die literarische Welt* (Jg. 7, Nr. 13, 27. März 1931) veröffentlicht. Vollständig, d. h. einschließlich des handschriftlich innerhalb des »Konvoluts 1920« überlieferten Schlußteils (KKAN 2,323), wurde der Text abgedruckt in: ChM, 1931. Der Titel stammt wohl von Brod.

Kleine Fabel

Entstehung: August bis Spätjahr 1920. Der Text ist in zwei – unmittelbar untereinander stehenden – Versionen überliefert. Brod nahm die zweite Fassung als Textgrundlage. Die erste hat u. a. folgende Abweichungen:

93,30 breit] weit

93,30–94,1 Angst ⟨. . .⟩ Falle] Angst davor hatte, dann lief ich weiter, da stiegen schon rechts und links in der Ferne Mauern auf, und jetzt – es ist ja noch gar nicht lange her, seitdem ich zu laufen angefangen habe – bin ich in dem mir bestimmten Zimmer und dort in der Ecke steht die Falle

94,2 mußt nur] mußt
94,3 fraß sie.] fraß sie auf.

Der Titel stammt von Brod.
Überlieferung: handschriftlich innerhalb des »Konvoluts 1920« (KKAN 2,343). – Erstdruck in: ChM, 1931.

Gibs auf!

Entstehung: Der Text läßt sich aufgrund eines Zusammenhangs mit dem Entwurf eines Briefes an Franz Werfel auf Mitte November bis Anfang Dezember 1922 datieren. (Zur Datierung des Briefentwurfs siehe KKAN 2 App.-Bd. 124–128.) Er hat keine Überschrift, über ihm steht »Ein Kommentar«; dies bezieht sich ebenfalls auf den Briefentwurf, der mit dem Satz endet: »Das Judentum bringt seit jeher seine Leiden und Freuden fast gleichzeitig mit dem zugehörigen Raschi-Kommentar hervor, so auch hier.« (KKAN 2,529 f.) Der Titel stammt von Brod.
Überlieferung: handschriftlich in einem Heft, in dem u. a. auch *Das Ehepaar* niedergeschrieben wurde (»Ehepaar-Heft«; KKAN 2,530). – Erstdruck in: B, 1936.

Von den Gleichnissen

Entstehung: Oktober bis Dezember 1922. Von Brod für den Druck geringfügig überarbeitet (u. a. 94,19 beklagen] beklagten) und betitelt.
Überlieferung: handschriftlich im »Ehepaar-Heft« (KKAN 2, 531 f.). – Erstdruck in: ChM, 1931.

Ein Hungerkünstler

Franz Kafka: Ein Hungerkünstler. Vier Geschichten. Berlin: Die Schmiede, 1924. (Die Romane des XX. Jahrhunderts.) [Textgrundlage.]

Druckgeschichte: Von Max Brod wurde Kafka gegen Ende 1923 oder Anfang 1924 mit dem Leiter des neugegründeten Berliner Verlags »Die Schmiede« bekanntgemacht. Was Kafka dazu bewog, nach langer Zusammenarbeit mit Kurt Wolff den Verlag zu wechseln, mag nicht allein die Unzufriedenheit darüber gewesen sein, wie man ihn dort behandelte (siehe die Druckgeschichte zu *Ein Landarzt*). Kafka war an einer raschen Veröffentlichung – und entsprechenden Honorierung – seiner Texte auch deswegen gelegen, weil er sich in jenen Inflationsjahren in einer finanziellen Notlage befand. Der Vertrag über den Sammelband *Ein Hungerkünstler* wurde am 7. März 1924 abgeschlossen. Zu diesem Zeitpunkt war der Text *Josefine, die Sängerin oder Das Volk der Mäuse* noch nicht entstanden. Er wurde später dem Verlag zur zusätzlichen Aufnahme in den Band angeboten. Brod setzte sich – angesichts des schlechten Gesundheitszustands seines Freundes – energisch für eine rasche Fertigstellung des Buches ein. Die ersten Korrekturabzüge erreichten den Autor, als er schon in einem Sanatorium auf dem Krankenbett lag. Die Korrektur des Umbruchs, den er am 27. Mai 1924 erhielt, konnte er nicht mehr vollständig ausführen. Das Buch wurde im August – also zwei Monate nach seinem Tod – ausgeliefert.

Erstes Leid

Entstehung: Die kurze Skizze entstand während einer Unterbrechung der Arbeit am *Schloß*-Roman; sie reflektiert das ›erste Leid‹, das Kafka beim Schreiben des Romans erfuhr: die ersten Schwierigkeiten, diesen fortzuführen. Kurt Wolff erwähnt den Text in einem Brief an Kafka vom 10. Mai 1922; dieser muß also Anfang Mai fertig gewesen sein.

Überlieferung: handschriftlich auf einem Einzelblatt, das ursprünglich zum sogenannten »Schloßheft I« gehörte; dieses »Heft« hatte sich Kafka aus losen Blättern und einem Umschlag selbst zusammengestellt. – Erstdruck in: Genius. Zeitschrift für alte und werdende Kunst. Hrsg. von Carl Georg Heise und Hans Mardersteig. Jg. 3. Buch 2. München: Kurt Wolff, 1921. S. 312 f.

Eine kleine Frau

Entstehung: Kafka las den Text Ende Januar 1924 Max Brod vor. Er dürfte zwischen Ende November 1923 und Ende Januar 1924 entstanden sein.

Überlieferung: handschriftlich – ohne Überschrift – auf vier Einzelblättern (»Eine kleine Frau«-Konvolut; KKAN 2,633 bis 646). – Erstdruck, in gekürzter Fassung, in: Prager Tagblatt. Jg. 49. Nr. 95. 20. April 1924 (Oster-Beilage).

Ein Hungerkünstler

Entstehung: Nach einer Tagebuchaufzeichnung (KKAT 922) wurde der Text am 23. Mai 1922 abgeschlossen.

Überlieferung: handschriftlich in einem Heft, das zahlreiche andere Texte enthält, von denen einer aus dem Jahr 1915 stammt (»Hungerkünstler-Heft«; KKAN 2,384–400). – Erstdruck in: Die neue Rundschau. Jg. 33. H. 10 (Oktober). Berlin/Leipzig: S. Fischer, 1922. S. 983–992. – Wiederabdruck in: Prager Presse. Jg. 2. Nr. 279 (Morgen-Ausgabe). 11. Oktober 1922. S. 4–6.

Josefine, die Sängerin oder Das Volk der Mäuse

Entstehung: Die Erzählung wurde beim Vertragsabschluß für den *Hungerkünstler*-Band am 7. März 1924 noch nicht berücksichtigt, vermutlich war sie zu diesem Zeitpunkt noch nicht entstanden oder noch nicht fertiggestellt. Am 8. oder 9. April des Jahres bat Kafka aber Brod auf einer Postkarte, den Text der *Prager Presse* und dem Verlag »Die Schmiede« zur Veröffentlichung anzubieten (BKB 453). Anzunehmen ist also, daß der Text zwischen März und Anfang April 1924 entstanden ist.

Überlieferung: handschriftlich in einem Konvolut von 10 Blättern; auf einigen von diesen stehen andere Texte (»Josefine«-Konvolut; KKAN 2,651–678). – Erstdruck in: Prager Presse. Jg. 4. Nr. 110 (Oster-Nummer). 20. April 1924. S. 4–7.

Abgekürzt zitierte Ausgaben

B — Franz Kafka: Beschreibung eines Kampfes. Novellen, Skizzen, Aphorismen. Aus dem Nachlaß. Hrsg. von Max Brod. Prag: Heinrich Mercy, 1936.

BKB — Max Brod. Franz Kafka. Eine Freundschaft. Briefwechsel. Hrsg. von Malcolm Pasley. Frankfurt a. M.: S. Fischer, 1989.

ChM — Franz Kafka: Beim Bau der chinesischen Mauer. Ungedruckte Erzählungen und Prosa aus dem Nachlaß. Hrsg. von Max Brod und Hans Joachim Schoeps. Berlin: Kiepenheuer, 1931.

KKAN — Franz Kafka: Schriften, Tagebücher, Briefe. Kritische Ausgabe. Hrsg. von Jürgen Born, Gerhard Neumann [u. a.]. Frankfurt a. M.: S. Fischer, 1982 ff.

- Nachgelassene Schriften und Fragmente I. Hrsg. von Malcolm Pasley. Textband. 1993. – Apparatband. 1993.
- Nachgelassene Schriften und Fragmente II. Hrsg. von Jost Schillemeit. Textband. 1992. – Apparatband. 1992.

KKAP — – Der Proceß. Roman. Hrsg. von Malcolm Pasley. Textband. 1990. – Apparatband. 1990.

KKAT — – Tagebücher. Hrsg. von Hans-Gerd Koch, Michael Müller und Malcolm Pasley. Textband. 1990. – Apparatband. 1990.

Wo — Kurt Wolff. Briefwechsel eines Verlegers 1911–1963. Hrsg. von Bernhard Zeller und Ellen Otten. Erg. Ausg. Frankfurt a. M.: Fischer Taschenbuch Verlag, 1980.